JN010567

これも数の暴力だ、
信長の三段撃ちの如く
連射が飛んできた。
更に通常弾を込めて、
全部撃ち落とす。
「す、すげえ……」
さっきまで怯えていた冒険者が
目を丸くしていた。
リョータ
Ryota

穏やかな日差しで、窓を開けて心地よい風が
吹き込んでくるのを楽しんだ。
エミリーがいれてくれた
お茶を飲む。
セレスト
Celeste
エミリー
Emily

「うん！　美味い！　エミリーのお茶を飲むと帰ってきた感じがするな」
「ありがとうなのです」

「ほらみんなも大喜びで飲んでるし」
アリス
Alice

三木なずな
Illust.すばち
レベル1だけど
ユニークスキルで最強です
8

CONTENTS

221. 品種改良

　夜、行きつけの酒場、ビラディエーチ。

　今日もここに来て、日替わりのビールを楽しんでいた。

　今飲んでるのは柑橘《かんきつ》系の香りがするビール。

「これは何の香りだろう」

「これはきっとグレープフルーツなのです」

　向かいに座る、エミリーが味わいながら俺の疑問に答えた。

　１３０センチくらいの身長で酒場はミスマッチというか、やや犯罪臭がするというか、元の世界だとおまわりさんが来て補導されるような組み合わせだが。

「あの！　俺エミリーさんの大ファンです！　サインください！」

　やってきたのはおまわりさんじゃなくて若い冒険者だった。

　エミリーのファンだと力説する彼はエミリーに武器の鉄球にサインをしてもらって、その上握手までしてもらって、夢心地の顔で去っていった。

「相変わらずだな。俺と一緒にいない時もこんな感じでファンが来るのか？」

「ダンジョンによく来るのです」

　エミリーは照れたような、それでいて困ったような表情で答えた。

「なるほど。まあアルセニックはモンスターが全部岩、冒険者は自然とパワー系が集まる。そうなればエミリーに憧れる人が集まっても不思議はないな」

「みんな持ち上げすぎなのです」

「そんな事ないさ」

そう言った俺はちらっと周りを見た。

サインをねだってくるほどではないにしろ、酒場の中でも何人かエミリーに好意的な目を向けている冒険者がいる。

俺は少し考えて……彼女と出会った日のことを思い出した。

「エミリー、ちょっと立ってみてくれるか？」

「はいです……こうなのです？」

「で、片足立ちしてみてくれ……その状態でハンマー持ち上げられるか？」

「上げられるですよ？」

エミリーは片足立ちの状態で、テーブル横に立てかけていたハンマーをひょいと持ち上げた。

彼女の身長を遥《はる》かに超える2メートル級のハンマー。

それを軽々と持ち上げるエミリーの姿はぱっと見可愛らしく、しかしよく考えたらとんでもなくすごい姿だ。

当然、見とれる人が続出する。

彼女のその姿は注目を集めていた。

「これがどうしたですか？」

「それがエミリーの魅力の一つさ。パワー系の女神。俺が同じ系統だったら死ぬほど憧れるね」

「ヨーダさんが……なのです？」

「ああ。マッチョな力持ちと小さい子の力持ち、どっちがより魅力的なのかは言うまでもないだろ？」

「うーん、よく分からないのです」

エミリーはクビをひねりつつ、ハンマーを置いて座り直した。

本当に分かってないみたいだな。

まっ、そこも彼女の魅力の一つなんだが。

「俺なんかサインをしてって迫られた事はほとんどないからね」

「当たり前なのです」

エミリーはニコニコ顔で、両手でビールグラスを持って、言った。

「ヨーダさんがすごすぎてみんな気《き》後《おく》れするのです」

「気後れ？」

「ハイです。すごすぎる人に話しかけるのは勇気がいるのです。自分にも自信がないと話しかけられないのです」

「そういうもんなのか？」

「思い出すのです、ヨーダさんに親しく近づいてくる人達の事を」

「俺に親しく……？」

エミリーに言われて、思い出そうと試みる。

俺に親しく近づいてくる……セルとか、ネプチューンとか、ニコラスとか？

「なるほど、確かに自分に自信のある人達ばかりだ」

「なのです」

「ついでに変人がおおいな」

「ある程度すごい人はみんなそうなのです」

「……ってことは、俺に近づいてくるのはこの先も変人ばかりか？」

「類は友を呼ぶのです。普通の人は自腹でハグレモノのための村を作るなんて思わないです」

「むっ」

　それを言われるとつらいな。

　俺的にはちゃんとした理由があるんだが、周りからはそう見えてしまうかもしれない。

「これからも変な人が集まってくるのです」

「……第一号が言うと説得力があるな」

「私なのです？　私は普通――」

「普通の人間はダンジョンをメチャクチャ掃除して、モンスターをほっこりさせたりしないぞ」

「はぅ！」

　エミリーは家事がメチャクチャ上手い、彼女のおかげで、俺たちが住んでる屋敷は温かく、明るく、実家以上にくつろげる温もり溢《あふ》れる空間になった。

　その力はダンジョンでも発揮される。

　一度ダンジョンで同じように掃除をした結果、モンスターがほだされて、掃除で疲れ果てたエミリーと一緒に居眠りをしてたのを見た事がある。

ある意味「ダンジョンマスター」のエミリー。

彼女こそ普通じゃない。

そんなエミリーと一緒にビールを飲みながら、あれこれ世間話をする。

益体《やくたい》もない世間話だが、ものすごく楽しい一時だ。

「失礼」

「ん？」

声を掛けられたので、顔を上げた。

俺たちのテーブルの横に、恰幅《かっぷく》のいい紳士が立っていた。

知ってる顔だ。

「エリックさんじゃないか。どうぞどうぞ」

俺は席をずらし、紳士——エリックが座れるように席をあけた。

彼はシルクハットを取って座った。

エリック。

俺がこの世界に来て間もない頃に知り合ったグルメ。

俺のドロップの品質がいいという噂《うわさ》を聞きつけて、タケノコを取ってきてと依頼した人だ。

思えばこの一件からだな、リョータ・ブランドができあがったのは。

「奇遇ですね、エリックさんもビールですか」

「サトウ様を探しておったのです」

「俺を？」

「ええ、またお願いしたい事がございまして……引き受けていただけますかな」

「ええ、いいですよ」

俺はほぼ即答した。

あの一件の後、エリックの話をいろんな人から聞かされた。

生粋の、とも言うべきグルメな紳士だ。

人生のほとんどを美食に捧《ささ》げている男。

その生き様は尊敬に値するものだし、依頼はほかと違って誰かを傷つけるものじゃない。

だから即答した。

「で、何を取ってくればいいのです」

「取るというのとは少し違いますな。品種改良、を手伝っていただきたいのです」

「品種改良？」

この世界に来て初めて聞く言葉だ。

こっちの生産は全てダンジョンで行われる。

肉も魚も野菜も、空気も水もあらゆる物がダンジョンからドロップされる。

品種改良という言い方はこっちに来てから初めて聞くが、ダンジョンで何か特殊な事をするのはすぐに分かった。

「ランタン、はご存じですかな」

「この店にいたらな。フィリンの街にある醸造酒専門のダンジョンだろ」

「さようでございます。ビールからワイン、ブランデーなど、ありとあらゆる醸造酒をドロップするダンジョンでございます」

「そのランタンがどうしたんです？」

「その一階層を買い取りました」

「え？」

　さらっと言うエリックに驚く。

「買い取ったって、ダンジョンを？」

「そんなに驚くことですかな？　サトウ様も実質アウルムを所持しているようなものだと認識しておりますが」

「ああ……そっか……そうなるのか」

「買い取ってどうするのです？」

「サトウ様にはそこで品種改良をしていただきたく」

「具体的には？」

「ランタン地下四十四階。次のダンジョンマスターが99％の確率で現われると予測されております」

「……なるほど」

　話が見えた、そして――。

「そういう方法があるのか」

「あらかじめ根回しが必要ですが」

　察した俺、にこりと人のよさそうな顔で微笑むエリック。

一方で、話についてこられてないエミリー。

「どういう事なのです？」

「つまり、四十四階に現われる予定のダンジョンマスターを、倒さず一定の期間その階に閉じ込めておけ、って依頼だ」

「その階に……です？」

「ああ、ダンジョンマスターが居続けるとダンジョンの生態系が変わるだろ？」

「はいです――あっ、一つの階だけ変えるのです？」

「そういうことらしい」

「これはサトウ様にしか頼めないことなのです。ダンジョンマスター級を相手に戦闘を引き延ばせて、かつ任意の時に倒せてしまう程の力の持ち主。世界広しといえども、サトウ様をおいて他におりませんな」

ものすごく持ち上げられた。

「一つだけ聞かせて欲しい。品種改良はこれまでにもやった事はあるのか？」

「偶然にそうなったことでしたら」

「なるほど。生態系が変わった直後に倒せばいいんだな」

「さようでございますな」

はっきりと頷《うなず》くエリック。

グルメな紳士、曇りのない瞳。

「分かった、引き受けよう」

品種改良自体は良いことだし、と。
俺はエリックの依頼を引き受けることにしたのだった。

222．Sランクはない、ただし……

エリックが手配してくれた馬車に乗って、丸一日掛けて、フィリンという街にやってきた。

ちなみに今回は一人で来た。

エミリー達はもちろん、レイアさえも置いてきた。

ダンジョンマスターとの持久戦。

結構危なそうだったから、仲間達に危険を冒させたくなくて、一人でやってきた。

久しぶりの出張……単身赴任な気分だ。

街に入るなりすぐに感じたのは、この街は総じてテンションが高いことだ。

あっちこっちからテンションの高い笑い声が聞こえてくる。

まるで酒場の様なテンションが街全体を包んでいる。

馬車から顔を出すと、感じたイメージが正解だったと分かった。

なんと、あっちこっちで街の住民達が乾杯して、酒を飲んでいる。

酒を飲んでれば当然つまみも必要になる。

フィリンの街は、至る所に軽食を売ってる屋台がある。

住民達はつまみを買って、酒を飲んで、笑い合って——そんな街だ。

「リョータ・サトウ様ッスか」

「うん？」

横から声を掛けられたので視線を向けた。

馬車を見あげてきたのは10代の半ばって感じの少年だ。

手入れの必要がないくらい髪を短く刈り込んで、頰には年相応にそばかすが散らばっている。

「お前は？」

「テール・アンガスっていうッス。エリックさんに言われてリョータさんの案内をするッス」

「なるほど」

俺は少し考えて、馬車から跳び降りた。

「どうしたんッスか」

「馬車はもう飽きた。ダンジョンの方を見たい、案内してくれないか」

「分かったッス」

テールは馬車の御者に何か耳打ちすると、空になった馬車は遠ざかっていった。

「ご案内するッス。どっちの方がいいッスか？」

「どっちって？」

「フィリンにはランタンとセリウムの二つのダンジョンがあるッス、どっちから見るッスか？」

「そうだな……ランタンで頼む。エリックさんに頼まれたのはランタンだ、ダンジョンマスターの出現予定日までにダンジョンを把握しておきたい」

「分かったッス」

テールが先導し始めて、俺はその後についていった。

フィリンの街を横断する様な形だが、どこへ行っても街の人達は飲んでいる。

酒盛りじゃなくても、普通に働いたあとの一杯をちょこちょこやってる感じだ。

「みんなすごく飲むんだな」

「はい、何だってフィリンッスから。あっ、あれ見て下さい」

「あれ？　あの井戸の事か」

テールに言われて、道ばたの井戸を見た。

特色の無い井戸に見えたが、中年の男が一人おもむろに近づいていき、井戸の中から水を汲《く》んだ。

汲みあげた水に口をつけて――。

「ぷはぁ！」

と、一気に飲み干した。

「ちょっと待って、今の水の色おかしくなかったか？」

「あそこはビールッスね」

「ビール？」

「フィリンはお酒が売るほどあるんッス。ほかの街じゃ売り物にならない安いお酒はこうしてタダで飲めるようになってるんッス」

「すごい街だな」

言葉を失いそうになった。

酒がタダ、井戸から汲んで適当に飲める。

蛇口をあけたらみかんジュースが出てくる某県の事を思い出してしまった。

「ほかの街の水みたいなものなのか」

「そうッスね、外れがやっぱり多いッスから」

「外れ？」

「ドロップのステータスが高いほど品質の高い酒がドロップされるんッスよ。低かったり外れだったりした時はあんな安酒になるんッス」

「なるほど」

つまり他のダンジョンで言う空気や水だったり、売り物にならない規格外の野菜だったり、そんな存在なんだな。

って事は、ドロップSの俺は品質の高い酒をドロップさせられるわけか。

どんなのが出るのか、ちょっと楽しみだ。

「あっ、ダンジョンに行くならアレを買っとくといいッス」

テールは道具屋の前で立ち止まった。

指さす先にはまっさらなラベルの瓶が大量に並んでいる。

「アレは？」

「集荷箱って使ったことあるッスか？」

「ああ」

集荷箱どころか、その改良型のパンドラボックスもよく知っている。

ドロップした物を一瞬で箱に吸い込む便利なアイテムだ。

それを利用して、マーガレットは「マーガレット姫謹製の空気箱」を売っていた。

「それのフィリンスペシャルバージョンッス。これを使えばドロップしたお酒が入ってその場でランクがつけられるッス」

「どんな風に表示されるんだ？」

「ランクがＡＢＣＤＥＦ……って感じで出るッスよ」

「なるほど」

そういうことならば、と、俺は瓶をとりあえず五本くらい購入した。

テールの案内で、街を突っ切って、ダンジョンにやってきた。

人の出入りがかなり多い、盛況なダンジョンだ。

「到着ッス、ここがランタンッス」

「醸造酒オンリーのダンジョンだって話だな」

「はいッス」

ダンジョンに入るとちょっと驚いた。

今まで様々なダンジョンに入ってきたが、今回のは今までのとははっきりと違うダンジョンだ。

それどころかダンジョンって言うのもはばかられるくらいの作り。

ランタンダンジョン、地下一階。

中はまるで忍者屋敷のようだった。

和風な室内に見えるそこで、冒険者達がモンスターと戦っている。

そのモンスターというのも。

「……足軽《あしがる》」

「ウッス、地下一階のモンスター、炎の足軽ッス」

そう答えるテールに、俺は複雑な笑みを浮かべた。

モンスターの外見は戦国時代の足軽そのものだ。

それが大勢いて、和風な屋敷の中で冒険者達と戦っている光景は、天守閣に押し入った合戦の最終段階の光景に見えてしまう。

唯一違うのは、モンスターの足軽が体に炎を纏《まと》っていて、攻撃に使う槍《やり》も燃え盛っているという点だ。

「どうしたッスか？」

「ああいや、初めてのモンスターで面食らっただけだ」

「なるほどッス」

納得したテール。

俺は気を取り直して、銃を取り出した。

片手は銃を構えて、もう一方にはさっき買った瓶を。

まずは小手調べ、使うのは通常弾じゃなくて成長弾。

だいぶレベルアップした成長弾は今や通常弾に取って代われる程度の威力を持っていた。

それを狙い澄まして……足軽の鎧《よろい》の間を狙った。

槍を構えて近づいてくる炎の足軽は撃たれてよろめいた。

更に撃つ。次々と鎧の間を狙って、最後にトドメの一撃を放って、炎の足軽を倒した。

さほど強くはない、まあ地下一階程度のモンスターだ、こんなもんだろ。

炎の足軽が消えた途端、持っていた瓶になみなみと液体が注がれた。

それだけじゃない、空白だったラベルも「ランク：Ａ」って表示が出た。

うん、思った通りだ。

やっぱりドロップＳの俺は、普通に倒しただけで高いランクの酒をドロップさせられる。

今までもそうだったから、予想通りで驚きはしなかった。

が、振り向いたらテールが絶句しているのが見えた。

「どうしたテール」

「そ、それを見せるッス。本当にランクＡが満タンッスよ⁉」

「それがどうしたんだ？」

「どうしたんだ？　じゃないッス。ランクの高い酒はドロップが少なくなるものッスよ」

「え？」

「特質ドロップＡの人でも、ランクＡは普通１杯分しかドロップしないものッス……それが一回で満タンって……ありえないッス……」

瓶を見つめ、また絶句するテール。

どうやら……知らずのうちにやってしまったらしい。

223．ヴィンテージワイン・リョータ

フィリンの街、買い取り屋『ぽふぽふ山』。

ランタンでドロップしたビールを持ち込んで、その査定待ちをしている。

同じ買い取り屋だからか、シクロの『燕《つばめ》の恩返し』とよく似ている店内で、やってくる冒険者と対応する店員の動きとかも似ている。

ぽふぽふ山の中、俺はカウンターの前に座って待った。

ちなみに案内役のテールは俺の横に座っていて、さっきからずっと感激した眼差《まなざ》しを向け続けてくる。

それがちょっと気になって、聞いてみることにした。

「どうした」

「俺、メチャクチャびっくりしてるッス。リョータさんのドロップの量が半端なかったッス」

「俺も驚いてる。あんな事よくあるのか？」

あんな事、というのは瓶が割れた……爆発したように割れたことだ。

ランタン地下一階のモンスター、炎の足軽《あしがる》を普通に倒せたのはいいが、ドロップのビールが手に入ったのは最初の一回だけだ。

二回目以降は全部量が多すぎて、ドロップした瞬間、瓶の容量を超えてしまい、入りきらずに爆裂してしまったのだ。

「そんな事滅多にないッス、あの瓶はどんな冒険者のドロップでも余裕に収まるように作られてるッス。だから余計にびっくりしてるッスよ」

そう話すテール。びっくりというよりは尊敬、感動してるって顔だ。

なるほど……普通は余裕で収まるのか。

となると俺はここではあまり稼げないのかもな。

フィリンの二つのダンジョン、ランタンとセリウムは全部が酒のドロップだ。

酒はつまり液体で、固体と違ってドロップした瞬間に容器に収めないと地面にこぼれ、染みこんでしまう。

覆水盆に返らずってことわざ通り、いったんぶちまけた酒は売り物にならないのだ。

瓶に収まらない理由は推測がついている。

あの瓶はドロップAの冒険者までには対応しているが、俺のドロップSだとキャパがオーバーしてしまうみたいだ。

能力が高すぎて、量産品が使えない。

ドロップの質は高いし量も多いが……多すぎて逆にダメという、笑うしかない状況だ。

まあ、どのみちエリックの依頼をこなしたらシクロに戻るつもりだし、問題はない。

「お客様！」

しばらく待ってると、俺の持ち込みを査定しに奥に行っていた女店員が戻ってきた。

なにやら慌てている様子だ。

「こちらのお客様です、マスター」

女店員の後ろから一人の男がついてきていた。

ボサボサの頭に無精ヒゲ、鼻は真《ま》っ赤《か》っ赤《か》で血管が浮き出ている。

俺がいた元の世界でいう着流しにすごく似ているものを纏《まと》っている。

半開きの目は、その格好と相まってかなりの雰囲気を醸し出している。

「これ、あんたが持ち込んだものか」

男は手に持ってる瓶を掲げた。

俺が持ち込んだ酒の入った瓶だ。

「ああ。何かまずかったか？」

「これはどこでドロップしたものだ？」

「ランタンの地下一階だが？」

正直に答えると、男はきつく眉をひそめた。

本当に何かがまずかったのか？　って心配になってくる程の反応だ。

「ランタンの地下一階だと……馬鹿な……ありえん……」

「何がありえないんだ？」

「……中で話そう」

男は身を翻して奥に戻っていった。

女店員はカウンターの仕切りを開放して、俺が通れるようにした。

何が起きたのか分からないが、何か理由があるのははっきりしてる。

それが気になったので、俺は男の後について中に入った。

テールも慌ててついてきた。

奥の部屋に入って、応接間のようになっているそこで男と向き合って座った。

「すごい場所だな」

部屋の中を見回して、俺は苦笑いした。

飲んべえの部屋だ。

あっちこっちに酒瓶が転がってて、部屋の中はメチャクチャ酒臭かった。

そしてテーブルの上に小皿があって、塩が盛られていた。

作りは応接間だが、完全に飲んだくれの私室だ。

俺は塩を盛った皿を眺めながら、男に聞く。

「塩か」

「ついさっきまで蒸留酒を飲んでた。蒸留酒は塩さえあれば美味しく飲める」

「上級者だな」

そういう飲み方をする人間がいるというのを聞いたことはあるが、会うのは初めてだ。

「俺はディオ・バッカス」

男――ディオは名乗ったので、俺も名乗りかえした。

「佐《さ》藤《とう》亮《りょう》太《た》だ」

「むっ？　あのリョータファミリーのボスか」

驚くディオ、俺は頷《うなず》いた。

「ああ」

「さもありなん」

ディオは俺が持ち込んだ酒瓶を見て、しきりに頷いた。

「いったいどうしたんだ？」

「美味いのだ」

「は？」

「このビール、一口味見をさせてもらったが、俺が生涯飲んできた酒の中で一番美味い。ビールの命とも言える苦みはまったく無いが、飲んだ後「苦い」と感じるのだ。何を言ってるのか分からんと思うが」

「ああ、分からない」

苦いって味がしなかったけど苦いって思った？

それがどういう状況なのかも分からないし、いいことなのか悪いことなのかも分からない。

「とにかく史上最高のビールだということだ。酒の格付けはAランクまでしかないが、これは誰が飲んでも分かるくらい、はっきりとAランクを超越している味だ」

「すごいッス！　さすがッス」

真顔で俺を褒め称えるディオ、横で更に目を輝かせるテール。

「いつもの様に鑑定の味見をしてたらそうなったんでな、これを持ってきたのがどんな人間なのか慌てて外に飛び出したってわけだ」

なるほど。

その行動は理解できる。

「そこで相談なんだが、これだけじゃなく、これからも定期的に――」

「悪い」

俺は苦笑いして、断った。

「今回は別件の依頼でフィリンに来ただけだ、終わったら本拠のシクロに戻らないといけない。定期的に納品するのは難しいと思う」

事情を説明してきっぱりと断ったが、ディオは引き下がらなかった。

「ならば、年間契約を結ばせてくれ」

「年間契約？」

それは何が違うんだ？　って首を傾げる。

「ああ。そうだな……ワインがいい。ランタンのいくつかの階層でワインがドロップするのだが、それを年間五十……いや十でいい。それを持ってきてくれないか」

「年間十本？　何でまた」

「ああ、ヴィンテージとして売り出したい」

「……ああ、なるほど」

希少なのを逆手に取って商売をする訳か。

身を乗り出し、半開きながらも熱烈な視線を送ってくるディオ。

俺は考えた、年間十本なら今受けているいくつかの定期的な依頼と似てる。

シクロに戻ったら屋敷の転送部屋が使えるし、毎日じゃないなら負担にはならない。

そういうことなら――

「金はいくらでも出す！」

思考の途中で、ディオが更に言った。

何が何でも俺にやって欲しいって感じの勢いだ。

「すげえ……」

そんなディオに当てられ、隣でテールが「ッス」も忘れて感嘆していた。

「……分かった。数は少し考えさせて欲しいが、年間で小ロット、ってのなら受けよう」

「ありがとう！」

ディオがパッと立ち上がって、俺の手を強く握ってきた。

体力ＳＳなのに手がちょっと痛くて、その痛みがディオの熱意のように感じた。

224．サケとサカナ

ランタンダンジョン、地下二階。

地下一階と同じように、忍者屋敷っぽい内装のダンジョンだ。

ここにも大勢の冒険者がいて、モンスターと戦っている。

そのモンスターは上の一階と同じ足軽《あしがる》、ただし髪の色や鎧《よろい》、持ってる槍《やり》などは「氷属性」で統一されている。

いわば氷の足軽、上が炎の足軽だって事を考えれば――。

「しばらくは属性足軽シリーズかな」

と、推測してみた。

推測なのは相変わらず前情報を仕入れてこなかったせいだ。

訓練してあらゆる状況に対処出来るように自分を鍛えてる一環で、前情報無しでダンジョンに来るのがほとんどだ。

氷の足軽とエンカウントして、銃を抜く。

通常弾より強くなった成長弾でヘッドショット、眉間を撃ち抜く。

パシャン！　と液体がぶちまけられた。

ワインの香りだ、どうやら地下二階の氷の足軽はワインをドロップする様だ。

瓶を持たないまましばらく歩き回って足軽を倒す。

エンカウントした足軽を捕まえて、至近距離から成長弾で脳天をぶち抜く。
パシャン！　とドロップしたワインの一部を手ですくった。
色が透明から黄金色に近い、白ワインだ。
何体か氷の足軽を倒し続けた。
全部が白ワインだ。
ランタンダンジョン、地下二階。
氷の足軽のドロップは白ワインで決まりだな。
それが分かったことだし、次は地下三階に行こう、と思ったその時。
「ぐわっ！」
「出たぞ！」
「誰か早く見つけて始末しろ！」
急に、ダンジョン内で悲鳴と怒号が響き渡った。
出た、って言葉に俺はダンジョンマスターを連想したが、そうじゃなかった。
ダンジョンマスターの出現ならダンジョン内から他のモンスターが完全に消える。
しかし今はそうなってない、目の前に氷の足軽が現われている。
ダンジョンマスターではないが、氷の足軽の持っている武器が違った。
それまでは槍を持っていたのが、火縄銃に変わっていた。
それを構えて、撃ってきた。
サッとよけた、弾の速度はそれなりだが、よけられないほどじゃない。

「おいおい」

俺はちょっと苦笑いした。

足軽が弾の装填をしだした。

一発しか撃てない上に、装填に時間がかかる火縄銃。

それを氷の足軽はもたもたやっている。

槍に比べて実質弱体化じゃないか、と思いつつゆっくり銃を構えて成長弾でそいつをぶち抜いた。

武器に変化はあったが、ドロップの白ワインはまったく一緒だった。

俺は更に歩いて回った、何が起きたのかが知りたくて。

「むっ！」

広い空間——というか部屋っぽいところに出た。

そこには冒険者が一人に対し、氷の足軽が二十を超えている。

氷の足軽達は火縄銃を撃った。

単発で装填極遅の火縄銃だが、数は驚異だ。

鉛の弾が一斉に冒険者に飛んでいった。

冒険者は怯《おび》えた顔をしてる、反応しきれてない。

「ちっ！」

二丁拳銃に通常弾をフルで装填して、連射した。

氷の足軽集団が撃ってきた弾を全部空中で撃ち落とした。

が、それだけで終わらなかった。

次の斉射がすぐに来た。

これも数の暴力だ、信長《のぶなが》の三段撃ちの如く連射が飛んできた。

更に通常弾を込めて、全部撃ち落とす。

「す、すげえ……」

さっきまで怯えていた冒険者が目を丸くしていた。

俺は銃弾を全部撃ち落としつつ前進する。すると、足軽の向こうに別のモンスターが見えた。

足軽と似ているが、ちょっとだけ格好が偉そうなヤツだ。

「なんだこいつは」

「そいつはレアモンスターの足軽大将、そいつを倒せば足軽達は槍に戻る」

「なるほど」

最初に聞こえていた「見つけて始末しろ」っていうのはこういうことだったのか。

通常弾で火縄銃の三段撃ちを撃ち落としつつ、火炎弾と冷凍弾で消滅弾を撃った。

速攻しないとややこしくなる状況、初手から安定して大ダメージを与えられる消滅弾を使った。

それは効果的だった。

消滅弾は足軽大将の上半身を丸ごと呑《の》み込んで、倒した。

足軽大将が消えて、何かをドロップした。

それと同時に足軽達の武器が火縄銃から槍に戻った。

「戻ったぞ！」

「誰か知らんがありがとう！」

あっちこっちから感謝の言葉が聞こえてきた。

火縄銃の足軽。

一体だと弱体化したように感じられたが、集団だとバッチリ強くなっていた。

レアモンスター足軽大将、こいつが出てくるとダンジョンの難易度が上がるな。

そんな事を思いながら、足軽大将がドロップしたものを拾い上げた。

ペンダントだった、魚の形をモチーフにした銀のペンダントだ。

「なんだこれは」

「足軽大将のドロップ品だ。珍しいものだけど、あんまり使えないものなんだ」

怯えてた冒険者が答えてくれた。

「使えないもの？」

「それをつけて足軽を倒してみろ」

「ふむ」

言われた通り、ペンダントをつけて氷の足軽を一体撃ち倒した。

パシャン――って聞こえるのかと思ったらそんな事はなかった。

ポン、と聞き慣れた音がして、一切れのチーズがドロップした。

「チーズ？」

「そいつをつけてると、ドロップが酒じゃなくて酒のつまみになるんだ。もちろん階ごとに違うけど、ここに来てる奴らにとっては酒じゃなくてつまみがドロップされてもうれしくないんだ」

「なるほど、だから使えないものか」

「そういうことだ」

冒険者はそう言って、最後にもう一度「すげえ、ありがとう」と言って、自分の周回に戻っていった。

まあ、美味しい。

俺は拾い上げたチーズをじっと眺めてから、口の中に入れた。

うん？　白ワインにチーズ？　ってことは？

ある予想をして、俺は地下一階に戻った。

ランタンダンジョン、地下一階、炎の足軽。

魚のペンダントをつけて、そいつを倒す。すると枝豆がドロップされた。

白ワインにチーズ、ビールに枝豆。

割と面白いペンダントだった。

225. サカナのシャケ

ランタンダンジョン、地下一階。

レアモンスター・足軽《あしがる》大将からドロップしたペンダントをつけて、歩き回っていた。

レアモンスタードロップのアイテムだ、能力チェックはしっかりしないとな。

たとえそれが周りから、

「そんなのとっとと捨てな」

って笑われる様なものであっても。

炎の足軽と出会う、突いてきた槍《やり》を躱《かわ》して、ゼロ距離からの成長弾でヘッドショット――。

「うおっ！」

びっくりして声が出た。

威力が上がった成長弾、ゼロ距離からのヘッドショットだと頭を丸ごと吹っ飛ばした。

ちょっとびっくりした。

足軽じゃなくて、シクロに戻ったらゾンビにもやってみよう。

頭を失って倒れた炎の足軽は、直後にポン、と枝豆をドロップした。

すぐに次の炎の足軽とエンカウントした。今度はペンダントを外して成長弾で同じように撃ち抜く。

すると、パシャン、って水音がして、ビールがダンジョン内にぶちまけられた。

何回か交互で入れ替えつつ確認する。

ペンダントをつけていると例外なく、酒のドロップはその酒に合うつまみのドロップになった。

地面に落ちてる枝豆を眺め、周りを見る。

例外なく全員が炎の足軽を倒してビールを生産している。誰も枝豆なんかドロップさせてない。

これもまったく売れない訳ではないだろうが、多分ものすごく安いんだろうな。

何かに特化した街での例外、しかも数は極小。

二束三文で買いたたかれてもおかしくない。

足軽大将のドロップ、魚のペンダントがはずれ扱いされる理由がいやって程分かった。

誰も拾わないもんだから、枝豆がモンスターに孵《かえ》った。

枝豆からも炎の足軽が出た。

その炎の足軽をペンダントなしで撃ち抜く。

すると、今度はビールがぶちまけられた。

どうやらビールと枝豆の根っこは同じみたいだな。

どっちからも炎の足軽になるし、どっちになるのかはペンダントのありなしで決まる。

「こんなところだな」

一通りの検証がすんで、特筆すべき点がない事で、ペンダントをしまおうとした。

視線の先、離れたところでまた枝豆が炎の足軽に孵った。

ペンダントをしまう動きが止まった。

ふと思い出す、まだ完全に確認が終わってないことに。

ダンジョンを出て、フィリンの街からも出て、人気《ひとけ》の無い野外に来た。

魚のペンダントを地面に置いて、距離を取った。

レイアがいなくてリヴァイヴが使えないから、昔と同じように待った。

しばらくして、ハグレモノ・足軽大将が孵った。

銃を構えて近づいていくと、足軽大将は周りをキョロキョロした後、なんと身を翻して逃げ出したのだ。

☆

「もしかして……足軽をパワーアップさせるしか能がないのかこいつ」

そう思ってしばらく追いかけるが、足軽大将は逃げるだけで一向に攻撃してこない。

どうやら本当に指揮だけだ、と確認したところで足軽大将を倒した。

ペンダントがドロップされたが、形が少し変わった。

「これは……シャケか？」

魚は魚だが、俺がよく知ってる魚の形になった。

シャケのペンダントを持って、再び、フィリンに戻り、ランタンダンジョンに戻ってきた。

地下一階、足軽がひしめく忍者屋敷。

「あっ、リョータさん。探したッス」

中に入ると、テールが俺を見つけて駆け寄ってきた。

「どうした」

「フィリンのダンジョン協会長がご挨拶したいって言ってるッス。それで探してたッス」

「ああ、なるほど」

ダンジョンマスターを使ってダンジョンの生態を変える——品種改良。

エリックが話をつけているだろうが、ダンジョン協会長の立場からすれば実行部隊がどんな人間なのか一度会ってみたいんだろう。

「分かった……その前に最後のチェックだ」

「時間掛かるッスか？」

「いや、足軽を一体か二体倒すだけだ」

「分かったッス、待ってるッス」

テールを待たせて、俺は出来たてほやほやのシャケのペンダントをつけて、一番近くにいた炎の足軽を撃ち抜く。

すると、同時に出た。

ビールと枝豆が同時にドロップした。

まるで何かのセットだ。

「なるほど、両方が出るようになるんだな」

「ええええ!?　な、何がどうなってるッスか？」

驚くテール。俺は彼を引き連れて地下二階に下りて、氷の足軽を倒した。

今度は白ワインとチーズ、またまたセットでドロップした。

「すごいッス！　両方いっぺんにドロップするなんて初めて見るッス。何をやったんスか？」

「企業秘密だ」

「はえぇ……」

テールは感嘆の顔で俺を見た。

シャケのペンダント、こっちならまだ、使い道があるみたいだ。

226．S＋の男

試しにシャケのペンダントをつけたまま炎の足軽を倒した。

ビールと枝豆、両方がドロップした。

今度はペンダントを外して、別の炎の足軽を撃ち抜く。

ビールだけがドロップして、地面にぶちまけられた。

「…………」

「どうしたッスか」

「なあ、例の瓶、持ってないか」

「これッスか？」

テールは酒の瓶を取り出す。

モンスターから酒がドロップした瞬間に収めてしまう、集荷箱と似た効果を持つ瓶。

「ああ、持ってるだけくれ」

「分かったッス」

テールは若干首を傾げながらも、言われた通り持ってる瓶を全部渡してくれた。

全部で三本、まあ足りるだろう。

それを持ったまま、ペンダントをつけて、次のモンスターを倒した。

枝豆が地面に落ちて、ビールがすっぽり瓶の中に収まった。

更に別の瓶で試すと、またビールが収まる。

三本目はペンダントを外したら、瓶に収まらずに破裂した。

やっぱりそうか。

ペンダントをつけてる時、枝豆の分だけビールのドロップ量が若干少ないかもしれないって思ったが、どうやらその通りだ。

ペンダントを掛けてる時は瓶に収まる程度の量で、つけてない時は破裂するくらい大量に出る。

その後テールに頼んで更に何本か瓶を調達してきてもらったが、間違いなくペンダントのありなしでお酒の量が変わった。

ヴィンテージワインの生産を約束しているが、このペンダントがあればすんなりと約束分を生産できそうだ。

☆

ペンダントのせいで時間が掛かったが、それの性能チェックが無事に終わったので、テールに案内されてフィリンのダンジョン協会にやってきた。

協会の人間に連れられてやってきた会長室、ドアを開くと——。

「うっ」

思わず呻《うめ》き声を上げてしまうほど、酒臭い部屋だった。

それに慣れてるのか、案内してくれた男は躊躇《ちゅうちょ》なく部屋に入る。

「会長、リョータ・サトウ様がお見えになりました」

「どうぞなの」

やけに幼げな声だと首をかしげながら中に入ると、そこにいたのは声通り幼い女の子だった。

幼げな顔、未成熟の手足、背丈と同じくらいの二つ結びの髪。

どうひいき目に見ても年齢一桁台の女の子だ。

「ちょっと待つの」

女の子はそう言って、酒瓶を開けて匂いを嗅ぐ。

スンスンと鼻をならした後、俺たちを案内してくれた男に言った。

「ちょっと薄いの、Bランクのを1割足すの」

「はい、そのように」

「こっちはビールの中にトマトジュースが混じってるの、タルごと廃棄するですの」

「担当者に懲罰を与えます」

酒瓶を次々と開けて、匂いを嗅いでは薄いとか濃いとかを言って、指示を出していく。

それが一通りすんだ後、協会の職員が退出して、俺とテール、そして女の子の三人が残った。

女の子は俺たちが待たされているソファーの所にやってきて、向かいのソファーに座った。

幼い体つきで、よじ登るようにしてソファーに上がったのにはちょっと和んだ。

「はじめましてなの、マオがフィリンダンジョン協会の協会長、マオ・ミィなの」

「佐《さ》藤《とう》亮《りょう》太《た》……だ、よろしく」

どういう言葉遣いをすればいいのか一瞬だけ迷った。

見た目は幼げだが、ダンジョン協会の協会長だ。

敬語を使うべきか、一瞬だけ迷ってしまった。

「無理をしなくていいの、マオは見た目通りの年齢だから言葉遣いは好きにするといいの」

彼女がそう言ったのとほぼ同時にドアが開いて、別の職員がトレイにグラスをのせてやってきた。

高い脚のグラスにワインレッドの液体、それを俺たちの前に置いて。

「ごく……ごく……ごく……」

「見た目通りの年齢なら飲んじゃだめー」

「ぷはー。大丈夫ですの、これはジュースなんですの」

「ジュース？」

「おお、このぶどうジュースめっちゃ美味いッス」

グラスに口をつけて感激するテール。

ってぶどうジュースかよ。

「紛らわしい……」

「もしかして麦茶のほうが好きなんですの？」

「いや麦茶は麦茶で好きなんだけど……」

そういう問題じゃない……が。

それを突っ込むとどっかでやぶ蛇になりそうで、コンプライアンス的に問題ありありな展開になりそうな予感がしたので、話をそらすことにした。

「今のはなんだったんだ？」

「今の？」

「匂いを嗅いでたけど」

「あれがマオの仕事ですの。フィリンで生産するお酒の品質管理ですの」

「品質管理？」

「冒険者によって、ドロップしたお酒の品質にばらつきがありますの」

「そりゃ……そうだろうな」

酒に限らず、この世界の生産品はみんなそうだ。

冒険者のドロップステータスによって品質が大きく変わる。

「フィリンのお酒はすごくいいものと、すごく悪いものをのぞいたものを混ぜて出荷するの」

「もしかしてドロップした時からランク付けをしてるのはそれを管理するためか」

「正解ですの。そしてその混ぜたものの品質を管理するのが、フィリンの協会長の仕事ですの」

「なるほど……ってそれを匂いで⁉」

「マオは子どもだからお酒はダメなんですの」

「いやいや」

そういう問題じゃない……って思ったが。

「？」

マオは「じゃあどういうこと？」って顔で首をかしげていた。

子どもが飲んじゃいけないって話はしてない、匂いを嗅いだだけで分かるのすごいぞって意味だったんだが。

マオはそれが分からず、キョトンとしている。

子どもだがさすがダンジョン協会長、すごい女の子だ。

「ところで、さっきからすごくいいビールの匂いがするですの」

「え？　ああこれか」

俺は瓶を取り出した、さっきランタンでテストがてらドロップさせたビールだ。

テーブルの上に置くと、マオはそれをじろじろと見つめた。

「どうした……ってえ？」

マオは瓶を取って、無言で蓋を開けて、匂いを嗅いだ。

こっちが驚くのも無視して、俺が持ってきた瓶を全部開けて、匂いを嗅いだ。

「これは混ぜた後なの？」

「え？　いやそんな事はない」

「封がしてあったッスよ」

テールが横から言った。

確かに封がしてあった。

ここに来るまでだったら分からなかっただろうが、今は分かる。

この瓶は開封したかどうかが分かるように、瓶の口に仕掛けが施されている。

品質管理のため、どの品質をどれくらい混ぜるべきか、っていうのを確実にやるために開封してるかどうかががわかる様になってるのだ。

俺が持ってきたビールは未開封……だったんだが。

「それはおかしいの」

「どういう事だ？」

「全部のビールが同じ匂いなの」

「同じ？」

「……もしかして、Aのマックスなの？」

「マックス？」

次々と分からない事が出てくる。

「同じドロップのステータスでも細かい違いがあるんですの」

「ああ……たしかに」

ドロップステータスじゃないけど、俺はニホニウムで種で能力を上げている。

その関係で、同じAとか同じFとかでも、細かい数値が見えないようになっていることが分かる。

多分、ドロップも同じってことだ。

「あなたのは……」

マオはビールの瓶に書かれた「ランクA」の文字を見て。

「Aのマックスだと思いますの。だから全部同じ品質なの」

「高いからてっぺんに張り付いてるって事か」

「エリックおじちゃんがお願いする人だけあって、すごい人なの」

マオは憧れに近い瞳で俺を見た。
無邪気な瞳、純粋にすごいって思ってる瞳。
ちょっとだけむずがゆかった。
なぜなら彼女は半分当たっていて、半分間違っているから。
マックスはマックスでも、俺はAじゃなく、Sのマックスだから。
「めちゃくちゃすごいですの」

227. 三つの炎

会長室の中、マオは俺の真横に座っている。

それまで真ん前でテーブルを挟んで座っていたのが、テールをどかせてまで俺の横に座ってきた。

「あの……会長？」

「なんですの？」

「なんですのというか、なんで俺の横に？」

「気にすることないの」

「気にするなって言われても」

この状況で気にしない方が難しい。

マオはニコニコと、キラキラした目で俺を見つめてくる。

原因は――俺が「Aのマックス」だって分かってからだから、それだろうな。

そのせいで懐かれただろうな、とはっきり分かる。

それはそれでいいとして、俺は咳払《せきばら》いして、話題を変えた。

「そういえば、ランタンのダンジョンマスターが出るのはいつ頃なんだ？」

「二日後、ランタンの二十階なの」

「その予報は確かなのか」

「お酒がそう言ってるの」

「うん？　どういうことだ？」

マオの言葉に首を傾げると、立たされたテールが答えた。

「会長はお酒の品質からダンジョンマスターの出現時期が予想出来るッス。的中率百パーセントなんッスよ」

「そうなのか？」

「なの！」

マオはVサインをした。

こうして見るとただの可愛い女の子だが、そんな特技まで持ってるのか。

「ダンジョンマスターが出る時期が近づいたりすると品質が上がったりするのか？　いや下がるのか？」

ダンジョンそのものを支配しているダンジョンマスター。

たまにしか出ない事から、
・ダンジョンに何かが溜《た》まりきったところで生まれる
・ダンジョンから何かがなくなったところで出てきて補充する
という、二つのパターンを予想した。

マナとか精気とか、そういうものを想像してる。

だが――。

「違うの。ダンジョンマスターが出そうになった時はこう、お酒がガーってなって、むーんな匂いがおノンノンなの」

「君をミスターと名付けよう」

なるほど分からん、という言葉が脳裏に浮かんだ。

完全に感性型、天才肌の仕事だ。

ともあれ、百パーセントだって言うのならそれはありがたい。

だからこそエリックがこの計画を立てたんだろうな。

ならば当日は――って計画を頭の中で練りだしたその時。

マオが更に俺を見つめている事に気がついた。

さっきよりも更にキラキラした目、何かを期待しているって感じの目だ。

「どうしたんだ？」

「明日になったら出る時間も分かるの」

「近づいてくると細部も分かるようになるってことか」

「なの！」

頷《うなず》くマオの、何かを期待する様な眼差しはますます強くなった。

俺は少し考えてから。

「じゃあ、分かったら一番に教えてくれないか」

「マオに任せるの！」

彼女は大喜びして、パッと飛び上がってぐるっと一回転した。

どうやら相当懐かれたみたいだ。

☆

夜、フィリンの街の宿屋。

広い部屋を取った俺は、対角線上にビールの入った瓶を置いて、遠く離れて待機した。

しばらくして、ビールから炎の足軽《あしがる》がハグレモノに孵《かえ》った。

「いけね！　――リペティション」

慌ててリペティションを使った。

炎の足軽が纏《まと》ってる炎が壁を少しこがしてしまった。

「ワインにすればよかった……」

反省しつつ、ハグレモノのドロップを確認。

炎の足軽がドロップしたのは銃弾だった。

まったく新しい、今まで見たことのない銃弾。

「特殊弾か……ならまずは量産だな」

俺は宿を出て、街中をぶらついた。

酒造の街、フィリン。

一番ランクの低い安酒がタダで飲めるように、街の至る所で提供されている。

樽《たる》に入ったいろんな酒を見つけた。

ビールは……炎の足軽は多分まずい、これからやる事を考えたら多分引火する。

俺はワインの入った樽を確認して、それを担いで街から出た。

街から離れて、人気《ひとけ》の無い所でタルを置いた。

そして距離を取る。

しばらくすると、樽の中から氷の足軽が孵った。

「リペティション！」

魔法を使って、氷の足軽を倒した。

ポーチに新しい特殊弾が入った。

すぐにまた樽から氷の足軽が出てきた。

樽のお酒、まるで命の水だ。

そこからモンスターが次々と孵って出てくる。

銃弾は使わなかった。

ビールにしなかったのもそれだ。

ワインに銃、それで引火するとは思わないが、酒を樽ごと持ってきて、次々とハグレモノを孵すという手順上、引火させる可能性のある行動は避ける。

この場合のリペティションは横着じゃなくて、最適解だ。

孵ったそばからリペティションで倒して、ポーチで特殊弾をゲット。

孵る度に樽の中の酒が減っていった。

やがて樽の中身が空っぽになって、最後の一体の氷の足軽になった。

「数は溜まった、テストするか」

酒がなくなったので、遠慮無く銃を抜き、新しい特殊弾を装塡する。

それを込めて、氷の足軽に撃った。

命中した瞬間、氷の足軽が燃え上がった。

ただの火炎弾じゃない、青い炎だ。

「アルコールか」

なるほどと思った。

中学くらいの時に授業の実験で使ったアルコールランプの事を思い出した。

その時の炎がこういう色だが、

「それよりも更に青いな」

炎の赤やオレンジといった色はまったく含まれない、完璧な青。

蒼《あお》といってもいいくらいだ。

「さしずめ蒼炎弾《そうえんだん》ってところか」

もう一発撃ってみた、比較用に火炎弾も撃ってみた。

赤と蒼、隣り合う二種類の炎は壮観だ。

「…………」

二種類の炎が消えた後、俺は再び銃を構えた。

片方に火炎弾、もう片方に蒼炎弾。

両方同時に撃って、軌道を重ねて融合させる。

「あれ？　何も見えない、って熱っ——！」

融合した瞬間、何も起こらないと不思議がっていたが、次の瞬間にものすごい熱が襲いかかってきた。

コンサートなんかでの炎の演出があるが、あれは遠く離れてても熱が一瞬で襲ってくる。

その百倍近い熱が襲ってきた。

とっさに腕をクロスしてガードしつつ、地面を蹴って大きく飛び下がった。

距離を取って熱から離れて、気づいた。

何もないわけじゃない、融合弾が発生した空間が歪《ゆが》んで見える。

陽炎《かげろう》。真夏の炎天下で道の光景が歪んで見えるのと同じで、それよりも遥《はる》かにゆらゆらして景色が歪んでいる。

火炎弾と蒼炎弾の融合弾。

見えない炎は、とんでもない熱量を出す融合弾のようで。

試しに近くの木にそれを撃ったら。

「……おいおい、やばすぎるだろこれ」

灰すら残らず、見えない炎が一瞬で何もかもを焼き尽くしたのだった。

228．永久機関

蒼炎弾《そうえんだん》、そして新しい火炎の融合弾をもう少し試していった。

色々撃って、あれこれ燃やしてみた。

火炎弾と蒼炎弾の威力が1だとすると、融合弾の威力は10近くある感じだ。

融合した後は見えないから分かりにくいが、威力はそれくらいある。

「あっちぃ！」

アブソリュートロックの石で無敵モードにして炎に手を突っ込むと、ものすごい熱湯風呂に入った時の様な突き刺さる痛みが襲ってきた。

ちなみに普通の火炎弾で大炎上したロケーションを作って、中に入ってても熱いともなんとも思わなかった。

「むしろ炎の中から蘇《よみがえ》るフェニックスで格好いいな」

無敵モードのまま炎の中に佇《たたず》んで、そうつぶやく。

実戦で使ってみたいな。

火力が高いのは分かった。

もう一つの特性、「見えない」という事が実戦でどう発揮されるのかが気になる。

もう夜遅いけど、ダンジョンに行って試そう。

明日やろうとしても、こういう時はわくわく感が強くてどうせまともに寝られないだろうからな。

炎の中から出て、無敵モードを解除して、ダンジョンに向かおうとしたその時。

「あれ？」

もう一つの炎、融合弾の炎が消えてない事に気づいた。

見えない炎だから分かりにくいが、陽炎《かげろう》がまだ揺らめいている。

試しに後で処分しようとした酒の樽《たる》を投げ込むと跡形もなく燃え尽きた。

こんなに長かったっけ？　これ。

見えない炎は放置すると危険だから、消えるのを見届けてから立ち去ろうとした。

その間、あたりを見回す。

融合弾は何十発も撃ったから、ほかに消えてないのがないかと探す。

ほかにはなかった、これ一つだけだった。

安心してそれが消えるのを待った……が。

いつまで経っても炎は消えなかった。

もう樽もないから、今度は通常弾を撃ってみた。

弾丸が見えない炎に飲まれて、蒸発してしまった。

まだ炎が残ってる。

なんでこれだけこんなに長いんだ？

気になって、それの真横にもう一回火炎弾と蒼炎弾を撃った。

融合して見えない炎になった瞬間。

前の――消えないと思っていた見えない炎が消えた。
「もしや？」
つぶやき、更に横に融合弾を撃つ。
新しい見えない炎が出て、一つ前のが消えた。
少し待った、見えない炎は消えなかった。
もう一度撃った、前のが消えて新しいのが生まれた。
なるほど、一度に一個しか存在出来ないタイプの攻撃か。
しかも――今度は辛抱強く待った。
その場に座り込んだ、五分ごとに通常弾を撃ち込んだ。
一時間経っても、見えない炎は消えなかった。
辛抱強く待ち続けた、今度は弾を撃ち込むのをやめた。
更に一時間待った、炎は消えなかった。
新しい融合弾を撃つとあっさり消えた。
一度に一個しか存在出来ない、かつ、自然放置では消えないタイプか。
「…………」
ちょっと思うところがあって、試しに別の融合弾を撃った。
火炎弾と冷凍弾での消滅弾だ。
空間を呑《の》み込むように消えた消滅弾、それを見た後、見えない炎を見る。
消えていた。

見えない炎が何事もなく消えてなくなっていた。

なるほどな。

つまりまとめると、通常の火炎弾の十倍程度の威力で、いったん撃ち出すとそこに存在し続けて、種類問わず新しい融合弾が出るまで消えない、ってことか。

「……これは、便利かもしれない」

☆

いったん街に戻って、夜中で誰もいないフィリンから新しい酒樽を担いで、テストのため人気《ひとけ》のない野外に戻ってきた。

樽を置いて、ハグレモノが孵《かえ》る距離まで離れる。

そして樽の上に火炎弾と蒼炎弾の融合弾を撃つ。

空間が揺らぎ、見えない炎が出現する。

俺は地べたに座って、待った。

しばらくすると氷の足軽《あしがる》が孵って、樽から這《は》い出た——瞬間。

直上に出来た見えない炎に触れ、一瞬で蒸発した。

そして新しい蒼炎弾はポーチに入った。

何もしないで待ち続けた。

ハグレモノが孵る度に勝手に見えない炎に突っ込んでいって、ドロップがポーチに吸い込まれてくる。

やがてワインが全部氷の足軽になって、蒼炎弾になって、残った樽=ゴミもフランケンシュタインになって、追尾弾になって。

設置から数十分、全自動で弾が生産された。

新しい融合弾、永久機関作りに使えそうだ。

229. エンドレスワルツ

次の日の朝、フィリンダンジョン協会。

会長室で、俺はエリックとマオとの三人で顔をつきあわせていた。

「ダンジョンマスターが現われる時間が分かりましたの。明日のお昼なの」

「階層はどこですかな」

エリックがマオに聞く。

「予想通りランタンの二十階なの。闇の忍びがいる階なの」

「やはり水ビールの階。この上無い格好なロケーションですな」

「うん、これなら失敗はゼロなの」

マオとエリック、二人の表情は明るかった。

ダンジョンマスターを利用して生態系壊《品種改良》しを企んでいるにしては気楽すぎるんじゃ？　ってちょっとだけ思った。

「水ビール？　それに失敗がゼロってどういうことなんだ？」

「ご存じないの？」

「水のようなビールってことか？」

「さよう。ビールの風味はしますが、いくら飲んでも酔わないという哀しみに溢《あふ》れた代物《しろもの》ですな」

「へえ」

ノンアルコールビールって事か？

「水ビールは売れないしタダでも誰も飲みませんの。それが何に変わるのか分からないけど……水ビール以下はありえないの」

「なるほど、既に最低ってことか」

「実をもうしますと、二十階に出ると知ってこの計画を立てたのです」

エリックが言う。

なるほどな、失敗がないと言うよりは、意味のない階層をせっかくの機会に変えてしまおうってことだな。

「変化にどれくらいかかるかは分かりません。ですので、明日はダンジョンマスター出現後ランタンへの出入りを一切禁ずることにいたしました」

「その分セリウムに頑張ってもらうの」

「我々は入り口近くに待機、ダンジョンマスター討伐を確認したら二十階へ赴きます」

「一緒に来ないのか」

聞き返すと、エリックとマオは申し訳なさそうな顔をした。

「我々は戦いに向いてませんので」

「二人ともレベル1で足手まといなの」

「そうなのか」

例の経験値クリスタルを使うかと思った。

シクロのダンジョンマスターからドロップした指輪。

装備している間に倒したモンスターの経験値がクリスタルになって、それを使えば経験値を一気に得られるというアイテムだ。

この世界では冒険者はほとんど安定周回をしていて、99％がいつの間にか自分の最高レベルに到達するので、便利なアイテムだけど、いまいち使い道がない。

溜《た》まってる経験値クリスタルを二人にあげるか、なんて思った。

「一発勝負ですな」

「どんなお酒になるか楽しみなの」

しかし冒険者ではない、戦う必要がない二人はレベル1である事に不便を感じてないようだから、申し出るのをやめといた。

でもそうか、一発勝負か。

俺がレベッカみたいにどのタイミングで倒せば最高のドロップが出るってのが分かればいいんだがな。

いや、それにしたって一回限りだ。

俺が思う最高のタイミングが、最高の酒になるとは限らない。

酒の事はマオほど分からないのだ。

まあ、ドロップSだし悪い結果にはならないだろう、たまに出るダンジョンマスターで一発勝負でも問題ない……。

……ん？

たまに出るダンジョンマスター？

俺は、使おうとしたシクロのダンジョンマスター、その指輪を思い出した。

☆

更に次の日、ランタンダンジョン、地下二十階。

忍者屋敷の様なダンジョンには既にもう冒険者の姿はない。

そのせいで倒されてないモンスターがうようよいる。

ランタン地下二十階のモンスター、闇の忍び。

文字通り闇のような黒い忍び装束を纏《まと》った忍者だ。

まともに戦えばかなりやっかいなモンスターを、俺は適当にあしらっていた。

そうこうしてるうちに予想時刻になった。

空気が変わる。もう何回も経験してきた、ダンジョンマスターが出ている時の空気だ。

ダンジョンマスターが出ているとモンスターは消えてダンジョンマスターだけになる……のだが。

闇の忍びは消えてなかった。

全員がマネキンのように棒立ちになったが、消えはしなかった。

どういうことだ？　って不思議がってる暇もなく、本命が現われる。

足軽《あしがる》や足軽大将と一線を画す、あきらかに一点物の特殊で豪華な鎧《よろい》を纏った人型のモンスター。

大名。

ランタンのダンジョンマスター・大名だ。

こいつをこの二十階に足止めするんだな。

大名はのっしのっしと向かってきた。

腰に下げてる刀を抜いて向かってくる。

成長弾を撃った、まずは小手調べ、肩を撃ち抜く。

大名はのけぞって、足が止まった。

撃ち抜かれた肩、よく見ると再生が始まっている。

大名のすぐそばにいる闇の忍びが分解され、それを大名が吸収して、傷を修復。

回復しきったところで、大名は再び歩き出した。

「ふむ」

もう一度、今度は火炎弾と冷凍弾を融合した消滅弾で片足を消し飛ばした。

さっきよりもかなりの大ダメージ、足一本丸ごとなくなった。

大名はまた動きを止めた、そして近くにいる闇の忍びを吸収して、傷を修復する。

なるほど、モンスターが存在してるのは何故かって思ったが、ダンジョンマスターの回復源だったんだな。

再び歩き出した大名の片足と片手を吹っ飛ばす。

ケガは二ヵ所、しかし修復するのに必要なのは闇の忍び一体だった。

どうやら一回の修復につき一体で十分みたいだ。

回復しきった大名はさらに向かってきて、刀を振り下ろした。

刀の長さ＝射程を見極めて、後ろに跳んでよけようとした――。

「――っ！」

その瞬間、背筋が凍った。

勘が「ヤバイ」って全力で叫んできた。

俺は後ろにじゃなく、真横に跳んだ。

振り下ろされた大名の刀で、地面が十メートル以上にわたって裂け目が出来た。

危なかった、刀の長さだけで下がってたら斬られてたところだった。

大名は更に刀を振ってきた、今度は横一文字の斬撃だ。

これもヤバイ――そう思ってしゃがんで躱《かわ》す。

刀を振り抜いたあと、横一文字の十メートル以上の裂け目が屋敷――ダンジョンの壁に出来た。

見えない斬撃か、それとも刀そのものが見えない刀身になってるのか。

どっちなのかは分からないけど、受け身だとまずい。

時間稼ぎ、これはだいぶしんどいかもしれないぞ。

俺はとにかく距離を取った。

足止めに成長弾を撃ったが、学習したのか、大名はそれを刀で弾いて前進してくる。

途中で闇の忍び――自分の部下を蹴散らしてなおも進む。

蹴散らした瞬間ちょっと速度が落ちたが、ほとんど差は無い。

こうなったら積極的に、攻撃的に足止めした方がいい。

「むっ！」

ふと、ある事を思い出した。

まったく動かない闇の忍びを蹴散らしつつ前進する大名の姿を見て、俺はある事を思いついた。

火炎弾、そして蒼炎弾《そうえんだん》。

二つを撃ち出して、融合させて見えない炎を作る。

前進をつづける大名、それに触れた瞬間、体の半分が瞬時に焼き尽くされた。

大名は足を止めて再生を始めた。

闇の忍びを取り込んで、燃え尽きた体を再生する――が。

再生中は動かない、ということは見えない炎がある空間での再生って事だ。

再生した瞬間、大名はまったく同じ箇所を焼き尽くされた。

そのまま再生――そして焼き尽くされ。

再生した瞬間から焼き尽くされて、大名はその場にとどまって無限の再生を繰り返した。

俺は銃を下ろした。

もはや何をしなくても、足止めは完成した様なものだ。

後はこの状態のまま待つだけ。

再生と消滅、それを数百回繰り返したあと、ダンジョンに変化が起きた。

周りにいた回復の源だった闇の忍びが一瞬消えて、炎を纏うようになった。

格好も忍びと言うよりは露出の多いもの、さらには体つきもエロティックに。

炎のくのいち、今までの傾向から間違いなくそう名付けられるモンスターだ。

「なるほど、こうやってモンスターの種類が変わるんだな」

そうなっても大名は再生と消滅を繰り返した。

ここからどうするか、と思ってると、エリックとマオが現われた。

「おお、やっぱり変わってるの」

「さすがでございますな」

二人は俺の所にやってくるなり、感動した表情で言った。

そんな二人に聞く。

「これでいいのか？」

「うん、後はダンジョンマスターを倒せば新しいモンスターからもドロップするの」

「分かった」

俺は銃を構えて、連続で消滅弾を撃った。

再生と消滅を繰り返し、足が止まってる大名の全身をくまなく覆うように消滅弾を撃った。

大名は消えて、指輪をドロップした。

それを拾い上げる。

「早速新しいお酒の味を確認するの」

「お願いできますかな」

エリックとマオに見つめられて、俺は頷《うなず》き、動き出した炎のくのいちを成長弾で撃ち抜いた。

たいして強くはなく一発で倒せた。

用意した瓶に酒が入って、同時に枝豆もドロップされた。

「これは……どういうことですかな？」

「ああ、俺の特殊能力だ。このペンダントをつけてると酒とつまみの両方が同時にドロップする」

「なるほど」

納得するエリック。

つまみがドロップされるのは普通にあることだから、それで納得してくれた。

瓶の栓を抜いて、二人は新しい酒を確認する。

「これは……バナナ酒ですな」

「ですの、味は……そこそこなの」

「よくないのか？」

「そうですな。これ自体はさほど高価ではありませんが、水ビールよりはマシかと」

「なら、もう一回だ」

「「え？」」

驚いて声を上げる二人。

「もう一回ってどういう事ですかな？」

「そこで見ててくれ」

そう言って二人を待たせる。

まず安全を期すために、リペティションで周りの炎のくのいちを一掃した。

そうしてがら空きになったダンジョンの中、離れた所に指輪を置いて、距離を取る。

キツネにつままれたような顔をする二人と一緒に待った。

しばらくして、ダンジョンの空気が再び一変し、ダンジョンマスター・大名が孵《かえ》った。

早速火炎弾と蒼炎弾の融合弾を撃って、大名の足を止める。

再生と消滅を繰り返し足を止めた後、二人に言う。

「これで二回目だ」

「なるほど、ダンジョンマスターのドロップを利用して再チャレンジですな」

「すごいの、さすがなの」

大喜びするマオ。

その状態のまましばらく待って、炎のくのいちが氷のくのいちになった。

それを確認して、ダンジョンマスター・大名もリペティションで倒す。

指輪が再びドロップして、それを拾い上げると、エリックとマオが驚いたのが見えた。

「ダンジョンマスターを出す、倒す、変《孵》える――いいのが出るまでリセマラだな」

「これは……驚きですな」

「すごいですの！　予想より遥《はる》かにすごいですの！」

驚き、感動する二人。

そんな二人と一緒に、繰り返し、この階の生態系を変えて、品種改良を続けていった。

230. リセマラ

融合無炎弾がダンジョンマスター・大名を焼き続けて、周りのモンスターが変化する。

「リペティション！」

安全に、かつ確実にリペティションで大名を倒した。

ダンジョンマスター相手に膨大なＭＰを持ってかれてくらっときたが、だいぶ慣れてきたから、ほぼ無意識で無限回復弾を自分に撃《注射し》った。

周りを見ると、金ピカな外見の足軽《あしがる》がうようよしていた。

こっちは生態系が変わった後に初めて見るモンスター、リペティションが効かないから成長弾で撃ち倒した。

ドロップした酒を瓶に取り込んで、エリックとマオに差し出す。

「いやはや、鮮やかですな」

「ダンジョンマスターを完全に手玉に取ってるの」

「手玉と言うより、もはや流れ作業ですな」

二人はそう言って、新しい酒の鑑定に取りかかった。

「これは……清酒ですな」

「くんくん……56点なの」

「56点……あまりよくないな」

「そうですな。雑味があって、見た目もあまりよろしいとは言えません」

「分かった」

頷《うなず》く俺。もう一回、品種改良の手順を踏んだ。

大名のドロップを遠くに置いて、距離を取った後、その上に融合の無炎弾を撃つ。

その状態で、周りの雑魚《ざこ》モンスターを掃討しながら待つ。

しばらくするとまた空気が変わって、ダンジョンマスター・大名が孵《かえ》った。

大名は無炎弾に焼かれて体の半分を持ってかれて、再生のために足が止まった。

その状態で更に待つ、無限回復弾を自分に撃ち続けて、ＭＰをＳＳの満タンまで回復させる。

周りのモンスターが変わったのを確認して、更にリペティション。

新しい酒を二人に渡す。

「ビールですな、コーヒーの風味がします」

「93点なの」

「悪くありませんが……」

エリックはちらっと俺を見る。

「言いたいことは分かる。せっかくだから極めてみよう」

俺は笑顔で言った。

ゲームで言うとリセマラだ。

一定の手順を踏んでランダムで出る結果は、リセットしてやり直す事で違う結果にする事が出来る。

それを繰り返し出来るのなら、いい結果が出るまで粘った方がいい。

「本当にいいのか?」

「乗りかかった船だ。それにたいした負担でもない」

「はわ……」

「さすがでございますな」

感心した二人はひとまず置いて、大名酒のリセマラをもう一巡する。

ドロップを置いて、無炎弾を撃って、孵った後生態が変わるまで待って、リペティションで倒す。

一回ごとに大体15分はかかるリセマラだ。

「42点なの」

「ダメですな」

「88点」

「悪くありませんが93点を一回出してますからな」

「1点」

「論外」

二人と一緒に酒の改良を続けた。

マオは匂いを嗅いでるだけで大丈夫だが、毎回一口飲んでいるエリックの顔は徐々に赤くなっていった。

リセマラはなかなか上手くいかなかった。

マオ曰《いわ》くAのマックス——実際Sのマックスである俺のステータスはあまり役に立たなかった。

試しに一回、二体倒して同じものを二つ出したが。

「どっちも70点なの」

「このモンスターの中で一番高いランクを出せるが、ダンジョンマスターからの変化はコントロール出来ないって事か」

「生態系の変化はサトウ様が手をつけず、見守っているだけですからな」

「そりゃそうだ」

結局リセマラを続けて、数を撃つしかないって結論になった。

「93点……さっきと同じなの」

「これは……難しい判断ですな」

20回くらいやった後に出た93点、今までの最高点数だが、俺は何も考えずに次のリセマラの手順に入った。

外れじゃない、だけど一回は出た結果。

粘りに入ったからには、少なくともそれ以上の結果は出さないと割に合わない。

そんな考えのもとでリセマラを続ける。

だいぶ疲れてきて、マオもエリックも口数が少なくなった。

「52」

「ビール」

と、最小限の言葉だけを口にするようになった。

それでも続ける、ここまで来たら後には引けない。

そうして、何回目なのかさえも分からなくなったその時。

「うっ！」

「どうしたマオ」

「美味いの！」

「お？」

「これは……文字通りの甘露ですな」

「そうなの！　ものすごいお酒なの」

疲れ切った二人が一気に元気を取り戻すほどの品質。

「どれくらいなんだ」

「１２０点なの！」

「前代未聞の美味ですな」

二人の評価は、予想をだいぶ上回っていた。

231. ボドレー・リョータ

一夜明けて、俺は泊まっている宿を出て、フィリンの街中をぶらついていた。

相変わらず活気のあるいい街だ。

「やんのかおら？」

「てめえのその面《つら》が前から気に入らなかったんだよ！」

「おーやれやれー」

「さあ張った張った。『酒弁慶』ゴイスーと『酔拳使い』レックスのストリートファイトだよー」

多少酔っ払い的なダメな盛り上がり方をしているようにも見えるが、それを含めて周りが楽しんでるから、やっぱいい街なんだろうな。

エリックの依頼、品種改良も終わったことだし、そろそろシクロに戻らないと。

観光とかは屋敷の転送部屋とランタンの間を開通させてからみんなを連れてくるとして、ひとまず別れの挨拶をと思って、ダンジョン協会に足を向けた。

「ん？」

協会に近づくにつれ、違う種類の熱気を感じた。

さっきの酔っぱらい達の熱気とは違って、しらふだが期待半分、そして不思議半分。

そんな空気が満ち満ちて。

更に近づくと、ダンジョン協会の建物の周りに観客が集まっているのが分かった。

ダンジョン協会の建物の表に舞台らしきものが設置されている。

そこはまだ無人だが、周りに観客が集まっている事もあって、これから何かが起きるというのは分かる。

「お疲れ様ッス」

「うん？　テールじゃないか。ちょうどよかった、今から何が始まるんだ？」

「え？」

目を見開いて、きょとんとしてしまうテール。

「知らないんッスか？」

「俺が知ってないとおかしいことか？」

「はいッス、だって――」

テールが説明しようとしたら、その声は大勢の観衆の歓声にかき消された。

歓声が向けられたのは設置された舞台、そこに幼い少女――フィリン協会長のマオが姿を現わした。

「今日は新酒発表会に集まってくれてありがとうなのー」

両手を「わーい」って感じで上げるマオ、幼い外見と相まって愛らしさしか感じない。

が、そのマオの言葉に歓声が更に大きくなった。

新酒発表会……ああ、俺が品種改良したランタン地下二十階の新しい酒の事か。

よく見れば集まってきてるのは冒険者がほとんどだ。

なるほど、みんな新しい稼ぎが何になるのか気になるんだな。

「今日発表するのはランタン地下二十階のお酒なの。新しいワインなの」

　マオの発表に歓声半分、ざわざわ半分になった。

「ワインか」

「どんなのなんだろうな」

「何にしろ水ビールよりはマシだ」

　周りがざわざわする中、職員っぽい男が一人、ワインを瓶ごと持って舞台に上がり、マオに手渡した。

　マオはそれを受け取って、みんなに見える様に掲げて。

「これが新しいワイン、名前はボドレー・リョータなの」

「ぶほっ！」

　思わずふきだしてしまった。

　新しい酒の名前に、まさかの俺の名前が使われていた。

「リョータはあのリョータファミリーのボスだよな。ボドレーは？」

「たしか古い言葉で『絶対神の血』って意味だよ」

「すごい名前だな。そんなにいいワインなのか？」

　周りが名前にざわざわして、期待感が膨らみ切ってるのが強く伝わってきた。

　隣にいるテールも「すごいッス、ものすごくすごいッス」と語彙力がものすごい勢いで衰退している。

　マオの目配せで、ダンジョン協会の職員が一口大の紙コップにボドレー・リョータを注いで、その場にいる観衆達に配った。

もらった者から口をつけはじめるが——歓声がそこから波のように広がった。

「すげえ」

「何これ……何これ……」

観衆達もテール同様、語彙力がてきめんに低下していた。

その波が広がりきったのを待って、マオが更に口を開く。

「このワイン、マオの採点で１２０点なの」

「「「おおおおお」」」

「ボドレー・リョータの買い取りは特殊な免許でする事になったの。市販の解禁日は一ヵ月後、みんなふるって免許を取って欲しいの」

マオの言葉に更に沸いて、何人かの冒険者が我先にと争ってダンジョン協会の中に駆け込んだ。

すごく……大人気だな。

☆

会長室、マオと向き合って二人っきり。

協会長の部屋だが、部屋の外からざわめきが聞こえてくるほど、冒険者達が盛り上がっているままだ。

「いろんな人にボドレー・リョータを試しに生産してもらったの」

　マオがニコニコ顔で言った。

「幅はあるけどどんな人でも１００点以上を出せるすごいものなの。今までのワインがみんな時代おくれになったの。全部あなたのおかげなの」

「力になれてよかったよ」

「お礼にボドレー・リョータの売り上げの一部はあなたにあげるの」

「それは嬉《うれ》しいけど……名前はどうにかならなかったのか？」

「何かおかしいの？」

　キョトン、と小首を傾げるマオ。

　小柄な姿と相まって愛らしく見えるが……。

「いや、自分の名前をこういう風に使われるのは恥ずかしいというか何というか」

「そこも含めて協力して欲しいの。このワインはブランド化したいの」

「ブランド化か」

「なの！　今だからはっきり言うの」

　マオは何故か眉をひそめて、不機嫌な表情になった。

「リョータ・タケノコは普通すぎるの。あなたの名前を使うならこんな風にもっと強くしなきゃなの。エリックおじさんはセンスゼロなの」

　いやボドレーもどうだろうか。

　絶対神の血……いや確かに強い事は強いけど。

「お願いなの。あのリョータが品種改良を手掛けたもの。だから最初から人気が出るの。『飲めば分かる』から『飲まなくても分かる』になるの」

「そう言われると断りづらいな……」

会社員を長くやってたから痛いほどよく知ってる。

いいものでも――本当にいいものでも、知られないで埋もれていくことがよくある。

今回のボドレー……ワインは間違いなくいいワインだ。それでも埋もれてしまう可能性はゼロじゃない。

そのために「リョータ」を使いたいってことをマオは言ってる。

問題はない、そもそも俺が関わったことだ。

後は俺が気恥ずかしさに耐えればいいだけだ。

「分かった。好きに使ってくれ」

「ありがとうなの！」

マオは無邪気に笑い、抱きつかんばかりの笑顔を見せた。

こうしてフィリンの一件は大成功に終わった。

俺の名前を冠した新種のワイン、ボドレー・リョータはフィリンダンジョン協会の徹底的な管理によって、三ヵ月に一度の解禁日に良質のものだけを売り出すことでますますブランド化していき、常に発売日に即完売という人気ワインになっていくのだった。

232．最善は尽くした

「ただいま――どわっ！」

シクロの街にある我が家。

戻ってきて屋敷の中に足を踏み入れるなり、ものすごい衝撃が来てそのまま尻餅をついた。

「お帰りなさい、ご主人様！」

俺を押し倒したのは我が家の飼い犬、ケルベロスだ。

動物園のライオンよりも更に大きいサーベラスというモンスター、それにいきなり飛びつかれて尻餅をついてしまった。

ケルベロスは更にペロペロと俺の顔を舐《な》める。

本能丸出しの親愛の仕草、悪い気はしない。

尻尾をメチャクチャ振ってる、犬の尻尾振り、ご機嫌なサインだがサイズがサイズだ。

ちょっとしたこん棒でドッスンドッスンと地面をたたきつけているように見えてしまう。当たったら痛そう。

こんな上機嫌だとしばらくかかるな、と思っていたらいきなりケルベロスの体が浮き上がった。

「メッ！　なのですよ」

浮き上がったわけではなかった。

よく見ればちょっと遅れてやってきたエミリーがケルベロスを掴《つか》んで、ひょいと持ち上げていた。

身長１３０センチくらいのエミリー、傍《はた》から見たら小学生女児って感じだ。

それが超巨大な——ライオンくらいある犬を片手で持ち上げてる姿はアンバランスでちょっとおかしい。

「ヨーダさんは疲れてるのです、じゃれるのはほどほどにするです」

「うぅ……ごめんなさい……」

我が家の影の支配者・エミリーにしかられたケルベロス。

シュンとしてしまい、それまで乱舞していた尻尾も力なく垂れ下がる。

俺は立ち上がって、尻餅をついた尻をさすりつつ、もう片方の手でケルベロスの頭を撫《な》でてやった。

「後でまた遊んでやるから」

「——うん！」

☆

屋敷のサロンで、エミリーとセレストの二人と向き合ってソファーに座る。

穏やかな日差しで、窓を開けて心地よい風が吹き込んでくるのを楽しんだ。

エミリーがいれてくれたお茶を飲む。

「うん！　美味い！　エミリーのお茶を飲むと帰ってきた感じがするな」

「ありがとうなのです」

「エミリーのいれたお茶にかなわないのは当たり前だけど、向こうではお茶は飲まなかったの？」

「なかったな。フィリンは酒ばっかりだったよ。びっくりだぞ。井戸の中からも酒が出てくるんだ。安い酒なら全部タダ、飲み放題の飲んべえの街だ」

「それはすごいわね」

「そのフィリンでもヨーダさんは大活躍だったです、すごいです」

「噂《うわさ》はもう届いてるのか」

エミリーとセレスト、二人が同時に頷《うなず》いた。

「ダンジョンマスターを手玉に取って、何回も倒して思う様にダンジョンを作り替えた。既にその噂で持ちきりよ」

「ダンジョン協会の敷地に銅像も出来てるです」

「またヤツ《セル》か！」

フィギュアじゃなくて銅像かよ。

セルのいつもの行動に突っ込みつつ、フィリン滞在中の事を二人に話した。

気心の知れた仲間達ととりとめの無い雑談をしていたんだけど。

「うっ！」

急に、セレストが頭を押さえて苦しみだした。

「どうした？」

「急に……魔力嵐だわ」

「窓を閉めるです」

エミリーが立ち上がり、バタバタと走っていって、窓を閉めた。

閉め切ると風が止まった代わりに、セレストの頭痛も和らいだようだ。

「ありがとうエミリー」

「どういたしましてなのです……急なのです」

「そうね、今日の予報だと魔力嵐がくるなんて話はなかったのに」

「天気予報だからな、まあ外れる事もあるさ」

エミリーとセレストが頷く。

天気予報が外れて、傘を持ってなくてびしょ濡《ぬ》れになったような、その程度の出来事。

この時はまだ、そんな風に思っていた。

☆

「ダンジョンマスター？」

夜、屋敷を訪ねてきたセル。

珍しく深刻な表情をしている。

「うむ。シリコンでな、現われていたのだ」

「そうなのか……現われていた？」

「さすがはサトウ様」

セルは苦笑いして。

「そう。実は今朝からいたのだ、シリコンのダンジョンマスターは。もちろんいつもの通り即討伐させようとしたが、複数の買い取り屋の連名で、品種変更を提案されてな」

「……もしかして俺のせいか？」

「起因は」

頷くセル。

「サトウ様がフィリンでなさったこと。ボドレー・リョータの事を知って、シクロの名産になるものを作りたいということで、ダンジョンマスターのしばらくの延命、それを使った品種改良を提案されたのだ。しかし」

「……魔力嵐が予報を無視してやってきた」

更に頷くセル。

話は大体分かった。

シリコンダンジョン、前に人助けで入ったことのあるダンジョンだ。

そこにいるモンスターは例外なく物理無効で、魔法しか効かない。

厳密には無効じゃない、しかし力ＳＳの俺でも、物理でやろうとしたらザコがダンジョンマスター以上に硬くなるってレベルだ。

普通は魔法で倒すんだが、たまに魔法を一切使えない魔力嵐がきて、そういう時はシリコンのモンスターが全員事実上の無敵になる。

「ダンジョンマスターも同じ性質か」

「その通り。最初は魔法でうまくやっていたのだが、魔力嵐が急にきて、その魔法が効かなくなった。結果、ダンジョンマスターは完全無敵になり、手のつけられないモンスターに変わってしまった」

「もうだいぶ時間経ってるし、シリコンの生態系はぐっちゃぐちゃだよな」

「魔力嵐はまだ続く、このまま放置してしまえば、シリコンダンジョンそのものがダンジョンマスターに殺されてしまう」

「分かった」

俺はすっくと立ち上がった。

「今すぐ倒してくる」

「感謝する」

☆

シリコンダンジョン地下一階。

忍者屋敷のランタンと違って、シリコンは掘った洞穴——洞窟タイプのダンジョンだ。

あっちに比べるとこっちこそ「ザ・洞窟」って感じで、ある意味落ち着くんだが。

「そうも言ってられないな」

足を踏み入れた瞬間、ヤバさを感じた。

ダンジョンマスターが出ている時はダンジョンそのものの空気が変わるのだが、今はその空気が輪をかけてヤバイ。

空気そのものがものすごくよどんでいるし、洞窟のあっちこっちが崩壊しかかっている。

これはまずいと先を急ぐが、不幸中の幸いと言うべきか、こういう状態だからこそダンジョンマスターの存在を強く感じた。

まるで導かれるようにしてダンジョンを進んでいく。

一直線に進んで、いくつも階を降りる。

辿《たど》り着いた先にそいつがいた。

芋虫やハエ、バッタなどの昆虫ばかりがいるシリコンらしく、ダンジョンマスターも虫だった。

そのかわり巨大だった。

体長がざっくり10メートルはある巨大な蛾《が》だ。

「まるでモスラだな」

そんな感想を抱いていると、向こうがこっちに気づいて飛んできた。

反射的にパンチを放った。

飛んでくるのにあわせた綺麗《きれい》なクロスカウンター、こぶしがモスラの複眼に突き刺さる――。

「――っ！」

腕がもがれそうになった。

しくじった。

シリコンダンジョン、物理攻撃は一切効かないんだ。

綺麗にあわせたクロスカウンターは向こうに一切のダメージを与える事はなくて、逆にこっちの拳、そして肩が一方的に突進の力を受ける羽目になった。

肩がじんじん痛む、思いっきりジャンプして距離を取って、無限回復弾で回復する。

そうだ、銃弾だ。

前に魔力嵐の中、人助けをした時も、物理も魔法もダメだったけど、特殊弾だけは効いた。

あの時は弾切れでピンチに陥ったが、今回はそうはならない。

無限雷弾と成長弾（こっちも弾数は無限）を中心に戦った。

だがモスラはそれほど強くなかった。

今まで戦ってきたダンジョンマスターの中で最弱だろう。

物理無効ダンジョンというフィールドだからやっかいなので、モスラ自体そんなに強くはない。

丁寧に攻撃を躱《かわ》して無限雷弾を五発もぶち込んだ頃にはもう倒れていて、成長も期待して、成長弾でトドメを刺した。

モスラがアイテムをドロップして消えたあと、通常のモンスターが戻ってきた。

☆

翌朝、屋敷にセルが訪ねてきた。

「まずは礼を申し上げる」

セルはいつものように鷹揚《おうよう》な口調でそう言った。

ステム家という、とんでもないレベルの貴族である彼は、俺の事を「サトウ様」と呼ぶ一方で、自分の一人称が「余」で、口調も微妙に尊大なのだ。

今もそうなのだが……何か……。

微妙に苦虫をかみつぶした様な顔をしてないか？

「さすがはサトウ様と言うべきか。あの劣悪な条件のダンジョンマスターをいともあっさり倒してしまうとは。つい先ほど魔力嵐が過ぎ去ったのだが、そこまでダンジョンマスターを残してしまえばシリコンは間違いなく死んでいただろう」

「それはいいけど、なんであんたの表情がそうなんだ？」

「サトウ様のせいではまったくないのだが——いや、だが、もおかしい。むしろサトウ様が即座に討伐してくれたおかげでこの程度ですんでいる」

「この程度？　何が起きた」

「シリコンの生態系が変わった」

「……ふむ」

昨日の事を思い出す。

ダンジョンに入った時から感じていた。

洞窟はボロボロになって、今にも崩れ落ちそうになっていた。

ダンジョンマスターの影響だが、それはダンジョンマスターがいなくなっても戻らなかった。

討伐後地上に戻ってくる道中も、そういえばモンスターが変わっていた。

「そういえば初めて見るな、ダンジョンマスターで生態系すべてが変わってしまったのは。話にはよく聞いてたけど」

「…………」

「何がどうなったんだ？」

「物理……それに加えて魔法」

「……まさか」

セルは頷いた。そのまさかだ、と言わんばかりに。

「シリコンのモンスターは、物理も魔法も効かない様になってしまったのだ」

眉がキュッと寄ったのが自分でも分かった。

シリコンは、かなりの大事になっていた。

233. 五分間クッキング

シリコンダンジョン、地下一階。

がらんとして冒険者がいないダンジョンにやってきた俺とエミリー、そしてセレストの三人。

「モンスターいっぱいいないのです」

「見た目は……変わってないのね」

リョータファミリーの歩く辞書、セレストがモンスターを見てそう言った。

シリコン地下一階の芋虫、ティッシュ箱大の芋虫は、前に地下三階で見たのと同じようなヤツだ。

「そうみたいだな。前に人助けをした時と同じように見える」

「あの時は大変だったです」

「エミリーのおかげで助かったよ。さて、とりあえず状況確認。頼めるかエミリー」

「はいです」

エミリーはハンマーを担いで前に出た。

１３０センチくらいの身長に2メートル超の超巨大ハンマー、相変わらずアンバランスだが。

「風格が出てきたわね」

「やっぱそう見えるか」

「ええ。彼女の場合ここから更にスイッチが入るのよ」

「へえ？」

スイッチが入るというのに興味を惹《ひ》かれて、エミリーを見つめた。

空気が変わって、エミリーの表情が一変した。

いつも穏やかでファミリーのお母さん的な存在なのが、一瞬にして歴戦の勇者のような空気を纏《まと》う。

「やああああ！」

エミリー印のハンマーをグルン、グルンと風切り音を立てて振り回して、芋虫に飛びかかった。

真っ向から振り下ろされるハンマー、ドゴーン！　と爆音の後、地響きが鳴る。

芋虫の足元の地面が蜘蛛《くも》の巣状にひび割れた、が、当の芋虫にはまったく効いてないようだ。

「――はああああ！」

更に気合を込めるエミリー、蜘蛛の巣状にひび割れた地面が更に一段階進んで、文字通り「粉々」になって、その分の空間がクレーターのようになった。

エミリーは地面を蹴って大きく後ろに跳んで距離を取った、諦めたのかと思った直後にハンマーを軽く一振り――した瞬間。

ド――ン！！！

クレーターを中心にものすごい爆発が起こった。

「魔法を使えたの？」

「いや、あれは粉塵《ふんじん》爆発だ。地面をあそこまで粉々にするのってすごいな……」

感心していると、爆炎が徐々に晴れて、芋虫が姿を現わした。

炎の中、這《は》って向かってくる芋虫。

「うう、まったく効かないです」

「仕方ないさ。次はセレスト……頼めるか」

「ええ、やってみるわ」

エミリーと入れ替わりに、今度はセレストが前に出た。

エミリーと違って飛びかかったりせず、手をかざして静かに詠唱した。

「インフェルノ」

「……あれ、何も出ないです」

「本当だ、詠唱したのに魔法が発動してない。まだ魔力嵐中なのか？」

俺とエミリーは同時に首を傾げた。

一方で魔法が不発のセレストは動揺することなく、魔法詠唱を続けていた。

「インフェルノ!!」

さっきよりも気合の入った詠唱の後、業炎が渦巻き、芋虫を呑《の》み込んだ。

「ちゃんと出たです。ってすごいです、前よりもちょっと魔法が強くなってるです」

「なるほどそういうことか」

「どういう事なのです？」

「二回目のインフェルノを唱えた直後に、分かりにくいが炎の発生が二回あった。多分一回目の発生を遅らせて、タイミングを合わせるやり方なんだろう」

見たままの事と感想を口にすると、セレストが振り向き、顔を赤らめながら言ってきた。

「さすがね。一目でそこまで見抜けるなんて」

「タイミングを合わせると火力がより上がるのか？」

「ええ、１＋１で2倍じゃなく、10倍くらいになるわ」

「２００ってことか」

セレストとエミリーはキョトンとした。

元の世界の小ネタが通用しないのはいつもの事だから、俺は適当にごまかした。

業炎の中、芋虫がケロッとした様子で姿を見せる。

「魔法もだめね」

「これは大変なのです」

セレストとエミリーは困った表情をした。

もともとシリコンは物理無効、魔法特効のダンジョンだったが、昨日の事故で両方とも無効になってしまった。

向かってくる芋虫に向かって消滅弾を撃った。こっちは効いて無事倒せた。

ドロップは紫キャベツ、相変わらず葉物のようだ。

「さすがヨーダさんなのです」

「そうね。でもそれじゃだめね」

「ああ、俺しか倒せないダンジョンじゃ生産力ががくんと落ちてしまう」

「戻すには……もう一回同じことをすればいいのね」

「そうだな」

俺はシリコンのダンジョンマスターがドロップした指輪を取り出した。

「それがダンジョンマスターのドロップなのです？」

「ああ」

「それを孵《かえ》して、環境変化を起こすのね」

「そうだ。そこで頼みたいことがある。俺がダンジョンマスターと戦ってる間に芋虫を燃やし続けて欲しい。環境に変化が起きて、また魔法が効くようになったらすぐにダンジョンマスターを倒す。ランタンでやった事の再現だ」

「え？　でもダンジョンマスターが出てるうちはモンスターは消えるのよね」

「それなんだが……」

俺はドロップさせたばかりの紫キャベツを持って、ダンジョンを出た。

入り口のすぐ外にそれを置いて、離れて、ハグレモノに孵す。

そして二人に言う。

「多分だが、ダンジョンの外なら大丈夫なはずだ」

「なるほどなのです！」

「考えたわね……」

「だめならだめで、生態系が変わったタイミングは分かるんだ。繰り返し孵す作戦に切り替えればいい」

「分かったわ」

「私が抑えてるうちに燃やすです」

「ええ、任せて」

ここは二人に任せて、俺は再びダンジョンに足を踏み入れた。二人と芋虫が見える場所でダンジョンマスターを孵す。

ここでもう一工夫。

ダンジョン全体が止まってしまうのは街の生産そのものが止まってしまう事でもある。

二人に芋虫のテストを同時にやってもらうのは少しでも早く戻すためでもある。

そのための手立てをもう一つ。

「レイア」

『分かりました』

俺と合体して、ずっと黙っていたレイアがアームを伸ばして、指輪に向かって「リヴァイヴ」を唱えた。

次の瞬間、モスラのダンジョンマスターが即座に孵った。

俺はまず自分に加速弾を撃って、それからダンジョンマスターにも加速弾を撃った。

しばらく使ってなかったから大量にストックのある加速弾を使う。

多分……これで生態変化も加速するはずだ。

ダンジョンマスターが孵って、そいつと戦った。

一度真っ向から倒した相手、そもそもが最弱のダンジョンマスター。

俺は適当に戦って、時間稼ぎをした。

その間も絶えず外を見る。

エミリーが抑えて、セレストが燃やしている芋虫を見る。

そっちの状況を常に確認しながら時間稼ぎをする。

最初の加速が切れた、すぐにまた俺と向こうの両方に加速を入れた。

そうしたのは、加速が有効だと判断したからだ。

すでに洞窟型のダンジョンの中が変わっている。壁やら天井やらがダンジョンマスターの影響でボロボロになってきている。

そうして更に時間を稼ぐ。そして繰り返す事加速弾の9セット目……実時間で5分経過のところで——。

「来たっ！」

芋虫が燃えはじめた。

セレストが放った業炎、今まで効かなかったのが、加速する俺の世界の中でもかなりのハイペースで芋虫が燃やされていく。

「リペティション！」

魔法を使って、一度倒したことのあるダンジョンマスターを瞬殺した。

ダンジョンマスターが倒れ、指輪をドロップし、ダンジョンの雰囲気が変わる。

「ヨーダさん！」

「リョータさん！」

「確認、頼む」

「はいです！」

「分かったわ」

二人はそれぞれのスタイルで、再び現われた芋虫を倒した。

エミリーの豪快なハンマーは相変わらず効かなかったが、セレストの魔法は前のように、芋虫を燃やすことができるようになった。

「ふう、とりあえず戻ったか」

「ヨーダさんすごいです」

「ものの五分でダンジョンをまた変えてしまうなんて……」

ホッとした俺を、仲間達がほめて、ねぎらってくれた。

234. のためのルール

シクロダンジョン協会、会長室。

顔をつきあわせて待っている俺とセルのいるそこへ、セレストがやってきた。

秘書に案内されて部屋に入ってきたセレストは俺の横に座った。

「一通り、シリコンの全階層を回ってきたわ」

「お疲れ、悪いな任せてしまって。知識はセレストの方が俺よりも上だから、確認に向いてると思ったんだ」

俺がそう言うと、セレストはちょっとだけびっくりしたような表情をして、頬に赤みがさした。

「……いいのよ。仲間なのだから、こういう時は頼ってくれた方が嬉《うれ》しいわ」

「ありがとう」

「して、どうだった」

セルがセレストを急かす。

ダンジョン協会長、責任者としてシリコンの変化が気になるんだろう。

「結論から言うと、今までのシリコンのままだわ。全階層、物理無効で魔法だけ通るのが確認できた」

「そうか」

「ドロップの種類の変化は二ヵ所、質の変化は一ヵ所、他は今まで通りで」

「大勢では変化なし、というわけか」

セルの言葉にセレストが頷《うなず》く。

「最小限の回数で戻せたのが幸いしたのかもしれない。これは推測なのだけれど」

「なにはともあれ、今まで通りの生産でいいというわけだ」

「ええ、攻略、周回共になんら変化はないわ」

セレストが言うと、セルは俺を見て、静かに頭を下げた。

「これもサトウ様のおかげだ」

「無事戻せてよかったよ」

「早速再開の告知を出そう……それから再発防止の法案も考えねばな」

「禁止するのか？　品種改良を」

「…………」

セルは黙ってしまった。

その気持ちはなんとなく分かる。

「変化がないのはよくないもんな」

「サトウ様ならそう言ってくれると思っていた。そう、変化がないのはよくない。サトウ様が常に新しい戦い方を模索するのと同じように、変化がなければ人間は成長しない」

「適度な品種改良は必要ということね」

「今政治的に動かしている、サトウ様に変えてもらおうとしている造幣のダンジョンもそうだ。変化は必要なのだ」

「……そうだな」

俺は頷いた。

俺自身、常にダンジョンでトレーニングを続けているから、言わんとする事がよく分かる。

「禁止じゃない制限、それも厳しい制限が必要だな」

「うむ。もっと言えば誰もが納得する制限だ」

「うーん、難しいわね。誰もが納得するとなると」

セルとセレストは揃《そろ》って難しい顔をした。

俺は少し考えて、一つの案を思いついた。

「精霊付きはどうだ？」

「……そうか！」

一瞬で理解するセル、さすがに出来る人は違うな。

「それって、精霊付きの人だけやっていい、にするってこと？」

「基本精霊付きって実力者、それも飛び抜けた実力者って認識だろ？」

「そうね、それくらいの実力者じゃなかったら品種改良はしちゃいけないって風にすればいいんだわ。今回の事故でみんなそれには納得するはずよ」

「ってことだ。どうだ？」

「…………」

「セル？」

セレストとの会話が終わってセルに水を向けたが、彼はなにやら考え込んでいた。

「どうしたんだろう、難しいのかしら」

「さあ……」

セルの様子をしばらく見守ってると、彼はパッと顔を上げた。

「二人にしよう」

「二人？」

「うむ。精霊付きを二人にしよう。二人いなければダンジョンマスターを使っての品種改良は禁止とする」

「ハードルがメチャクチャ上がるな」

「というより……」

「うん？　どうしたセレスト、俺をじっと見て」

「今、精霊付きが二人以上いるファミリーってうちだけなのよ」

「そうなのか！」

「うむ。もともと少ないのだ、精霊付きは。大抵、そうなった者は独立して、一国一城の主になっていたりするのだ。もっと言えばそれほどの人間、大抵は気が強かったりして他とは協調性がない」

「なるほど」

それは何となく分かる。

レベッカ・ネオン。

ちょっとしか会った事はないが、それでも気が……というか我《が》が強い人なのはよく分かった。

「つまり、この条件だと実質、リョータさんしか出来なくなるわ」

「それだとどうなんだろうな」

俺は苦笑いした。

一方で、セルはにやりと笑った。

「サトウ様しかしちゃいけないなんて言わない。精霊付きを二人揃えてくればいいのだ」

そうとだけ言ったセルだが、「やれるものならやってみろ」という幻聴が聞こえた気がした。

ルール的にはまったく問題ない、むしろ当たり前の施策だ。

危険なことなのだから、複数の実力者の同意・協力の上で行う。

至極真っ当な話だ。

「ではこの方向性で新しい決まりを作ろう」

こうして、シリコンの一件を経て。

実質「リョータ法案」と呼ばれるルールが出来てしまうのだった。

235．ユニークモンスターを産む

ランタンダンジョン、地下二十階。

屋敷の転送部屋を使って、シクロから直接飛んできた俺が見たのは、物々しい雰囲気を醸し出す番兵だった。

番兵は上下の階に続く階段の所を門番のように守っている。

「むっ、そこにいるのは誰だ！」

「えっと……」

別にやましい事はないが、この空気は、さてどうしたものかと戸惑ってしまう。

隠れる必要もないので普通に番兵の前に出ていったら。

「あっ——失礼しました！」

番兵の若い男は直立不動でかかとを揃《そろ》えた感じで、俺に敬礼した。

「サトウ様とは知らず怒鳴ってしまってすみません」

「いやいいんだ——って、俺の事を知ってるのか」

「はい！　ボドレー・リョータのサトウ様ですよね。この階の護衛をしてる人間なら全員知ってます！」

「なるほど。なんで護衛してるんだ？」

「ボドレー・リョータは生産管理されてるからです。免許がない人からは買い取りしないようになってますけど、それだけだと闇市に流れてしまうので、生産現場から管理しようって事になりました。フィリン協会が決めた事です」

「なるほど」

結構本格的に生産管理するんだな。

こりゃもうちょっとしたら、シーズンごとに「ボドレー解禁！」がフィリンで――いやシクロでも流行《はやり》になるかもしれないな。

ブランドの維持ってたいへんだな。

「仕方ない、ちょっと街の方に出るか。マオに言って免許をもらわないと」

「あっ、協会長から言付けを預ってます」

「うん？」

「『リョータ様はいくらでもどうぞなの』、とのことです」

「いいのかそれで」

「言付けじゃないですけど、俺ら護衛にはこうも言ってました。『リョータ様が白分で飲むのはもちろんオーケーなの。売るとしても免許無しで高く売るならそれでいいの』……だそうです」

至れり尽くせりだな。

まあでも、

「分かった、お言葉に甘えさせてもらう」

「はい、どうぞ」

俺は番兵の男に別れを告げ、モンスターを倒し、人数分のワインをドロップさせてそれを屋敷に持ち帰った。

☆

屋敷のテラス、俺は外に出て夜風に当たっていた。

ワインをそれなりに飲んだせいで、耳の付け根が熱くて、体が火照《ほて》っている。

「なにしてんのリョータ」

中からアリスが出てきて、俺の隣にやってきた。

「ちょっと体を冷ましてたんだ。飲み過ぎたかもしれない」

「そうなの？」

「美味しい酒だったからな」

「うん、美味しいよね！」

にこりと笑って、持ってきたワイングラスに口をつけるアリス。

多分だけど、彼女の言う「美味しい」と俺の言う「美味しい」は意味合いが違う。

「本当に美味しいよねボドレー。さすがリョータ、すごいよ」

「そうか？」

「うん！　ほらみんなも大喜びで飲んでるし」

アリスの肩に乗っかってる仲間のモンスターの事だ。

スライムのプルプル、スケルトンのホネホネ、小悪魔のボンボン、ニードルリザードのトゲト

ゲ、マスタードラゴンのガウガウ。
デフォルメされたアリスの仲間モンスターが、彼女の持ってるグラスの中身をチロチロと舐《な》めるように飲んでいる。

「この子達も飲めるんだ」

「滅多にないけどね。でもすっごく美味しそうに飲んでる。やっぱりリョータのお酒だからかな」

「かもな」

フィリンが生産管理をするって決めたほどのワイン、それを俺のドロップSで出した最高の品質。

「モンスターも虜にする酒か」

「ケルちゃんも美味しい美味しいって飲んでるよ」

「ケルベロスか、まあアイツは普段から飯とか食うからな」

我が家の番犬、サーベラスのハグレモノ、ケルベロス。

アリスの仲間モンスターとはまた別枠の存在だ。

「ねえねえ、今度また品種改良する時はあたしも一緒に連れてってよ。リョータが品種改良してる所見せて」

「そうだな……じゃあアリスが精霊付きになったらな」

「そうだね！　精霊付きじゃないとやっちゃダメになったもんね。うん！　あたし頑張る！」

「ああ、頑張れ」

意気込む我が家のサモナー、彼女もきっとそのうちどこかのダンジョンを制覇して精霊付きになるんだろう。

なんとなく、そんな予感がした。

☆

「う……ん。ふわーあ」

翌朝、朝日の中で目を覚ました俺。

エミリーの家――もはやスキル名みたいにそういう効果が出ている最高のベッドの上で寝たおかげで、スッキリ快眠、完全に回復した。

今日も一日頑張ろう――と思っていたその時。

ふぁさ。

毛むくじゃらな何かが俺の顔を撫《な》でた。

ふぁさ、ぱた。ふぁさ、ぱた――。

知っている感触、犬の尻尾の感触だ。

「布団に潜り込んできたのかケルベロ……ス？」

「おはようご主人様」

「…………」

「どうしたのご主人様？」

目をあけて体を起こした俺を見つめるケルベロス（？）。

「お前……ケルベロスか？」

「うん、僕ケルベロス。ご主人様に名前をつけてもらったケルベロスだよ」

それがどうしたの？　と言わんばかりに小首を傾げるケルベロス（？）。

俺はそいつの顔を摑《つか》んで、窓の方に向けた。

鏡の機能も発揮している窓ガラスに映し出されたのは巨大なコッペパン、柴犬《しばいぬ》っぽい姿のケルベロス（？）だった。

☆

「ユニークモンスターだ」

ダンジョン協会の会長室で、向き合ったセルが断言口調で言った。

「ユニーク……」

「……モンスター？」

それを聞いた俺とケルベロス、視線を交換して、やはり首を傾げてしまう。

「なんだそれは？　ユニーク……珍しいの方の意味のユニークだよな」

セルは頷《うなず》いた。

「突然変異種とも言う。ハグレモノが何かの拍子で、その種族の中でその個体だけの見た目に進化する事がある」

「レアモンスターみたいなものか」

「違う。レアモンスターは同じ階層に住んでいるが、別のモンスターだ。スライムの変異種とスライムブロスは別物だ」

「つまりケルベロスは種族としてはサーベラスのままだけど……うーん」

腕組みして首を傾げる。

どういう表現が一番しっくりくるのかを考えた。

「世界でたった一匹だけの珍しいサーベラス、ってことか」

「その通りだ。しかし……いやはや」

セルは巨大柴犬になったケルベロスを見た。

「まさかユニークモンスターになるとは、さすがサトウ様だ」

「うん？　なんでさすが俺なんだ？」

「ユニークモンスターは99%がハグレモノから変化する。なぜなら人間の波動や魔力、生命力など――、つまり人間特有のエネルギーを浴び続けなければ変化しないからだ。99%がハグレモノなのは、飼い主のエネルギーを浴び続けるからだ」

「ああ……ダンジョンのモンスターだとすぐに討伐されるからな」

セルは頷いた。

「とは言え、飼ってるからと言ってそうそう変化するものでもない。１００匹に一匹程度だ。しかも大抵は数年から数十年かかる。サトウ様がその犬を飼い始めたのは――」

「一年も経ってないな、まだ」

「やはりすごい、さすがサトウ様だ」

「にしても、なんでいきなり変化したんだ」

「サトウ様のエネルギーを大量に摂取したことは？」

「……ああ、ワイン。昨日ボドレーを大量に飲ませたんだ」

「それだな」

俺は巨大な――ワゴン車くらいはある柴犬のケルベロスを見あげた。

ユニークモンスター、柴犬のケルベロス。

我が家の愛犬が少し進化した。

236. 村ごとユニークモンスター

フィリンダンジョン協会に、マオを訪ねてきた俺——なんだが。

協会長のマオは俺の膝の上に座っていた。

普通は向かいなのに、何故か膝の上。

「あの……マオさん？」

「マオでいいの」

「はあ……いやまあそれはいいんだけど……なんで俺の膝の上？」

「マオがここに座るのはいやなの？」

「いやでもないけど……」

フィリンダンジョン協会長マオ・ミィ……と肩書を並べればものすごい偉い人だが、見た目はエ

ミリーよりも更に小さい、というか幼い。

俺の膝の上に乗っかってる姿は、もう親戚の子どもにしか見えないのだ。

だから、いやとかはない。

ただ訳が分からなくて戸惑ってるだけだ。

だが、俺は学習したぞ。

セルとかで学習した。

こういうのは突っ込んでもまともな答えが返ってこない、と。

「……ゴホン。今日は頼みがあって来た」

「なんでも言うの。マオ、なんでもしてあげるの」

「ランタン地下二十階、あそこのワインを私用で大量に使いたい」

「うん？　あそこはご自由にって言ってるはずなの」

「それはあそこの番兵の人から聞いてる。でもちょっと、ていうかかなり多い量がいるから、断っておかなきゃって思って」

「…………」

マオはじっと俺を見つめた。

膝の上に乗ったまま、振り向いて肩越しに俺を見あげてくる。

「どうした」

「惚《ほ》れ直したの！」

「え？」

マオはパッと立ち上がって、俺の前に立った。

キラキラした目で俺を見つめながら。

「今すぐ人手を集めるの？　５００人で足りるの？」

「いやいやそこまで必要じゃない。俺一人で大丈夫だ？」

「そうなの？」

協力の申し出を辞退したら、マオの表情が沈んで悲しそうになった。

彼女の様な幼くて可愛い子にそうさせるのも不本意だから、俺はつい、

「一緒に来るか？」

と言ってしまった。

「行くの！　何をするのか見たいの！」

表情は一瞬で反転、遠足前日の子どものようにはしゃぎだした。

☆

モンスターの村、リョータ。

転送部屋経由でインドールに行き、そこからここにやってきた。

「……すごいの」

「うん？」

振り向く。

俺の後ろに樽《たる》を乗せた荷車（インドールで調達した）があり、その上にマオが乗っている。

そのマオが目を見開いて半ば絶句している。

「フィリンからシクロ、そしてインドール。あっという間の移動なの」

「ああ、あの屋敷の機能なんだ」

俺は普通に答えた。

それはこの世界に元から存在してたものだから、普通に答えた。

「前は幽霊屋敷だったんだけど、その幽霊を倒したらあの転送部屋の機能がついてきたんだ」

「はわ……すごいの」

「で、ぼちぼち見えてきたあの村は――」

「知ってるの！」

マオはパッと起き上がった。

荷車の上で立ち上がって、興奮した表情を浮かべた。

「ハグレモノの村、リョータなの！　あそこにいろんなハグレモノが住んでて、ちゃんとお仕事もしてるの」

「よく知ってるな」

「調べましたの！」

エッヘン、と胸を張るマオ。その仕草も可愛らしい。

なるほど調べたか。

何のために、とは聞かなかった。

聞いたらそれがやぶ蛇になって、いらん真実を知ってしまいそうだったから。

誰かさん《セル》のせいでそう思ってしまった……というか。

「…………」

「どうしたの？」

小首を傾げるマオに、俺は「いや」と適当にごまかす。

微妙にセルとマオがかぶる瞬間があるんだよな。あっち寄りのタイプだろうか。

そうじゃないことを祈りつつ、村に向かう。

「おはようございます！」

村に着くと、クレイマンが出迎えてきた。

「加速弾は今日もちゃんと再生してます——あれ？　どうしたんですか、その荷車」

「ああ、これは酒だ」

「お酒ですか？」

「俺が作った酒。みんなに差し入れだ」

「——ありがとうございます！」

一呼吸の間、ワンテンポひっぱった後、クレイマンは大喜びで頷《うなず》いた。

「みんな！　リョータさんからの差し入れだ！」

クレイマンが大声で叫ぶと、ハグレモノ達がわらわらと集まってきた。

顔見知りのモンスター達、彼らは差し入れが酒だと知って盛り上がった。

早速宴会が開かれる事となった。

荷馬車ごと、ボドレー・リョータは村の中央に運ばれた。

「うめええ！」

「すげええ！」

「こんなの飲んだ事ねえ！」

ボドレーはモンスター達にも大好評だった。

宴会は盛り上がり、そして——。

☆

翌朝、村に一泊した俺が見たのは、昨日とはまったく違う光景だった。

モンスター達みんなが、昨日までとはまったく違う姿になっていた。

今にも姫騎士を襲いだしそうなオークは三匹の子ぶたみたいなラブリーな姿になった。

ちっちゃいゴブリンの背がすらりと伸びて、腰布じゃなくて特攻服、こん棒じゃなくて釘《くぎ》バットを持っていた。

そして――。

「おはよーだよー」

俺の顔の高さで飛んで、羽で羽ばたいているスライム。

「お前は……」

「スラぴょんだよー」

「そうか、お前、羽がはえたか」

「うん！」

「そうか。ところでお前、双子かってくらい仲が良いスライムの仲間いなかったっけ」

「私はここです」

反対側から声がして、振り向いた――俺はさすがにびっくりした。

そこに立っていたのは一人の美少女。

正統派メインヒロインかってくらいの、清純な美少女だ。

「えっと……君は？」

「スラにゃんです。おかげさまでユニークモンスターになれました」

「それで人間になったのか……」

スライムから人間、これにはちょっと驚かされた。

が、改めて村を見回した。

テンションがあがってるモンスター達は、ぱっと見た限り、一人残らずユニークモンスターになっている。

「驚いたの、びっくりなの！　ボドレーを飲ませたらみんなユニークモンスターになったの！」

ついさっきまで村の中を回ってきていたのか、パタパタとマオがハイテンションで俺の前に戻ってきた。

「すごいの、これってものすごい事なの」

ボドレーの効能に、品種改良に携わったマオは大興奮だった。

237. たった一体のモンスター

フィリンのダンジョン協会、会長室。

マオは俺の膝の上に座ったまま、書類を読みあげていた。

「ボドレー・リョータでテストをさせてみたの。実験だから誰かのペットのハグレモノは使えなかったの、新しく孵《かえ》したハグレモノを使ったの」

「それはいいんだけど、なんでこの体勢なんだ？」

「結果、同じAランクでもユニークモンスターにならなかったの」

「そこは無視なのか」

ぼやきつつ諦めて、マオの報告に耳を傾ける。

「でもあなたのAランクを飲ませたら一晩でユニークモンスターになったの」

「そうなのか？」

「はいなの！　例外なく全部なったの。同じAランクでもあなたのボドレーはどこか違うの」

なるほどな、と俺は思った。

Aランクとマオは言うが、それはSランクという概念がこの世界の人間にはないから。

初めてエミリーと会った時、ステータスを見た事を思い出す。

エミリーは俺のSを見て、Fよりも遥《はる》かに下だと判断してた。

アルファベットの順番的にそれは正しいのだが、こういう場合SはAの上だと俺は知ってる。

そしてそれは正しかった。

今回もそうだろう。

マオは常識でAランクだと格付けしたが、俺がドロップさせたボドレーはSランクなんだろう。

Sランクのボドレー、効果はモンスターをユニーク化する事。

「念の為BランクからEランクまでテストさせたの、でも同じだった」

「ふむふむ」

「あなたのは特別……スペシャルなの。だから……その……」

マオは俺の膝の上に乗っかったままもじもじして、なにやら言いにくそうにした。

「うん？」

「あまり、普通の買い取り屋に売らないでくれると助かるの」

「なるほどな。特殊効果のついた酒、ダンジョン協会を預かる立場として広めないで欲しいと思うわけだ」

「はいなの……」

「分かった。ならこの先も、俺が自分で使う分だけを取る。それでいいか」

「はいなの！」

ダンジョン協会運営の話なのに、マオは無邪気に笑ったのだった。

☆

モンスター――もといユニークモンスターの村、リョータ。

フィリンを出て、転送部屋を経由して、ここにやってきた。

「おはようございます」

村に入るなり、一体のモンスターが話しかけてきた。

頭の部分が極端にでかい粘土人形。愛嬌《あいきょう》のある見た目だが、喋《しゃべ》ってるのに表情がまったく変わらない、ちょっとしたホラーだ。

「その声は……クレイマンか」

「はい」

「なるほど、お前はそうなったか」

クレイマン、直訳で泥人間。

ユニークモンスターになった彼は、こうして粘土人形みたいな見た目になった。

「加速弾は無事再生してます」

「分かった。それよりもみんなの様子はどうなんだ？」

聞くと、クレイマンは深々と頭を下げた。

「リョータ様のおかげでみな、ユニークモンスターになれました」

「みんなって、全員がか？」

「はい」

「なるほど」

やっぱり俺のボドレーだとユニーク化するんだな。

「ユニーク化してスキルや能力の変化があって、最初はみんな戸惑って仕事の効率が下がっていたのですが」

「その言い方だと結果的に上がったようだな」

「はい。自分の新しい能力を把握した後は軒並み戦闘力があがりました。平均で倍、最高で三倍近く上がった者も」

「なるほど」

「これも全てリョータ様のおかげです」

クレイマンは再び頭を深々と下げた。

語気的にものすごい感謝してるのが伝わってくるが、やっぱり表情が変わらない粘土人形姿はちょっと不気味だ。

「適当に加速弾を回収して、村を見て帰るから、そっちも自分の仕事に戻っていいよ」

「分かりました」

立ち去るクレイマン。俺は一人で村の中を見て回った。

ついこの間までモンスターだらけで、一部かぶってる見た目なやつらがいた村だが、今日は完全に全員違った見た目をしている。

姫騎士に乱暴しそうなオークがメルヘンな絵本の子ぶたになったり、スライムが人間になったりと、バラエティ豊かな村になった。

もちろん、能力も上がっている。

散歩気分で歩きながらざっと見るだけで強くなってるのがはっきりと分かる。

　これでモンスター達ももうちょっと過ごしやすくなるかな――なんて思っていたその時。

「――あっ」

　一体のモンスターと目が合って、そいつがいきなり逃げ出した。

「あれは……ミニ賢者か。あれ？」

　そう言ってから俺はおかしい事に気づいた。

　ミニシリーズ。

　プラチナダンジョンに生息しているモンスター。

　ゲーム的な「ジョブ」を模したモンスターで、二頭身から三頭身ほどのモンスターだ。

　見た目はなんというか、90年代後半の三頭身ゲームキャラって感じだ。

　それはいい、まったくいい。こういう世界だから慣れた。

　問題なのは、そのミニ賢者が「俺の知ってるミニ賢者」だってことだ。

「ユニークモンスターじゃない？」

　気になった俺はミニ賢者を追いかけていった。

　そいつは必死に逃げるが、あっという間に追いつかれた。

　先回りした俺の足に顔から突っ込んでいく形になって、

「ぷにょ！」

　と、変な声を上げて尻餅をついてしまった。

「大丈夫か」

「だ、大丈夫です。あっ――」

ミニ賢者は鼻をこするが、手を差し伸べた俺を見て固まってしまった。

「リョ、リョータ様」

「俺の事を知ってる。今日流れてきたモンスターじゃないな？」

「はい……」

「なんでユニークモンスターになってないんだ？」

「………」

ミニ賢者はうつむいてしまった。

「酒が飲めなかったのか？」

「………う」

「う？」

「うわあああああん！」

ミニ賢者はいきなり泣き出した。

わんわんと泣き出してしまって、それが周りの注目を集めた。

俺は決まり悪くなって、必死にミニ賢者をなだめた。

☆

「ぐすっ……ごめんなさい。リョータ様にご迷惑を」

「いや、それはいいんだ」

　村の外れ、大岩の上で肩を並べて座る俺とミニ賢者。

　俺は普通に足を地面について座っているが、ミニ賢者は足が岩のまん中くらいまでしかなくて、その足をぶらぶらさせていた。

「それよりも落ち着いたか？」

「はい……」

「そうか。気を悪くしたら悪いが聞かせて欲しい。酒を飲んだのに変化がなかったのか？」

「そうです」

「しかしクレイマンは俺に、全員ユニークモンスターになった、と言ってたぞ？」

「隠れてました」

「うん？」

「最初は普通にいたけど、周りのみんなが全員変身して、私だけ変身しなかったので……つい隠れてしまいました」

「ああ……」

　いたたまれないのな。

　何となく分かる。

　周りがみんな上手くいってる時に自分だけそうじゃないのは、その場にいるのさえもいたたまれなくなっちゃうんだよな。

「いくら待っても変身しないし、このままだと村にもいられないって思って……」

　そんなこと気にするな、と言うのは簡単だ。

実際そう思うし、別にユニークモンスターじゃないからこの村にいてはいけないなんて事はない。

だが、本人はものすごく気まずく、気後《きおく》れするだろう。

恵まれない、報われない者を見て見ぬ振りをすることは出来ない。

「もっと飲むか？」

「え？」

「それか俺のところに来るか？」

「リョータ様のところ？」

「ああ、俺の屋敷だ。確かユニークモンスターは、本来なら飼われて、その人の魔力か何かを長年受けて、それで変化したものらしいな」

言いながら、付喪神《つくもがみ》みたいだって、説明を聞いて抱いた感想を思い出した。

「だったら、しばらく俺の屋敷で暮らすといい。それでユニークモンスターになるかもしれない」

「い、いいんですか？」

頷《うなず》く俺。

むしろ俺がよくない。

こういう相手を放っておくなんて無理だと、俺は強く思ったのだった。

☆

ミニ賢者はみんなにうらやましがられて送り出された。

ほとんどのモンスターが「リョータ様の屋敷で一緒に暮らせるなんていいな」と言っていた。

そんなミニ賢者を連れて、インドールに戻った。

アウルムのダンジョンに入って、転送ゲートで屋敷に戻ろう……と思ったけど。

「やべ、やっちゃった」

ミニ賢者はハグレモノ、モンスターだ。

モンスターは自分の階層にしか存在出来ない。

例外としてハグレモノはほかの階層・ダンジョン、そしてダンジョンの外にも存在出来るが、ダンジョンに出入りしたり階層を跨《また》いだりすると消滅してしまう。

それをついうっかり忘れて、いつもの様に転送ゲートを使おうとここに連れてきてしまった。

「ごめん、これは俺が全面的に悪い。ケルベロスに乗せるから、いったん村に戻ろう」

ケルベロスなら毎日「散歩」でシクロとリョータの間を往復してるから、それに乗せよう。

そう思ってミニ賢者に言った、が。

「…………」

ミニ賢者はアウルムダンジョンの入り口をじっと見つめた。

「どうした」

「……呼んでる」

「え？　ちょっと待っ――」

俺が手を伸ばすよりも早く、ミニ賢者がしっかりとした足取りでダンジョンに向かっていった。

そして、なんの躊躇《ちゅうちょ》もなくダンジョンに踏み込んだ。

「なっ！」

慌ててダンジョンに入る俺は、瞬間、まったく違う場所に飛ばされる。

「そうだった！　ローグダンジョンだった！」

アウルムはローグダンジョン、入る度にダンジョンの構造が変わる。

それを忘れて入ってしまって、ダンジョン内のどこかに飛ばされたのだ。

うっかりが多いな。

それよりもミニ賢者……いや、もう手遅れか。

ハグレモノはダンジョンに再び入った瞬間に消滅する、それはこの世界の理《ことわり》なのだ。

「はあ……」

俺はため息をついて、止められなかった反省をしながら、屋敷に繋《つな》がっているゲートを探す事にした。

「イラプション！」

「え？」

離れた所で声が聞こえた、聞き覚えのある声。

それに釣られて走り出した俺は、声の場所に辿《たど》り着くと、そこにミニ賢者がいて、アウルムのモンスターの小悪魔と戦っていた。

ダンジョンに入っても消滅しなかった？

「……もしかして」

見た目は変わってないけど、既にユニークモンスター？

Sランクボドレーはしっかり効果が出ていて、そういう能力を持ったユニークモンスターになったのか？

と、俺は思ったのだった。

238. レベルカンスト、所要時間３分

「あっ、リョータ様！」

声のする方に向かっていくと、ミニ賢者がちょうど小悪魔を倒したのが見えた。

向こうもこっちに気づいて、パタパタと駆け寄ってくる。

「見てくださいリョータ様、これ」

「それは……砂金か。さっき倒したヤツのドロップか？」

「そうです！」

「それよりなんでダンジョンにいきなり入ったんだ？」

「呼ばれましたから」

「呼ばれた？」

「はい、女の人の声に……ってあれ？」

それまで普通に会話していたミニ賢者が思い出したように目を見開いた。

「そういえば……ダンジョンに入ったのに消滅してません。どうして……？」

「それはこっちの台詞《せりふ》だ」

「あれれ……」

ミニ賢者は自分の手を不思議そうに見つめた。

「多分だけど、もうユニークモンスターになってるんじゃないのかな」

「もう?」

「見た目は変わってないけど、能力だけはついたってパターン。そういうのもなくはないから」

「そうなんですか」

「ああ」

俺ははっきりと頷《うなず》いた。

「テストしてみるか?」

「テスト?」

「別のダンジョンに行ってみるんだ。ダンジョンの出入り、階層の上り下り。それで消滅するかどうかのテスト」

「なるほど」

「どのみちもうダンジョンに入ってしまったんだ。このまますっとここにいるわけにもいかないだろ」

ミニ賢者にする提案はとても気軽な感じで、「散歩にでも行こう」くらいの温度感。

なぜなら、俺はもうほぼ確信しているからだ。

☆

テルルダンジョン、地下一階。

アウルム地下一階からいったん屋敷に戻って、それからここに飛んだ。

いろんな事を考えて、ここが一番テストに向いてると思った。

アウルムは入る度にダンジョンの構造が変わるので、そこでテストするのは迷惑きわまりない。

まったく迷惑を掛けないと言う意味ではニホニウムが合っているが、そこはナウボードもなければドロップもしない。

いろいろ考えて、ミニ賢者を連れてテルル地下一階に来た。

「消滅しませんでした……」

改めて驚き、言葉を失うミニ賢者。

アウルムの時は「呼ばれて」ふらふらと入った、その後ハッとした。

消滅かどうかを意識して階層・ダンジョン移動をしたのはこれが初めてだから、自然とこういう反応になる。

「だな。ほかに何か変わりは無いか？」

「えっと……力が弱くなったような……」

「力が？　ナウボードでチェックしてみるか」

「はい」

頷き合って、ナウボードに移動した。

ステータスをチェックする機能を持ったボードが、テルルのような冒険者の多いダンジョンだと、公共サービスのようにタダで使える様に設置されている。

そこにやってきて、ミニ賢者の能力をチェックした。すると。

「あれ？」

ミニ賢者は自分の能力を見て驚きの声を上げた。

―――1/2―――

レベル：1/50

HP	E
MP	E
力	F
体力	F
知性	E
精神	E
速さ	F
器用	E
運	F

「低いな」

「これはおかしいです、レベル1に戻ってるなんて」

「もっと高かったのか？」

「はい。毎日一生懸命お仕事してたから」

「ふむ」

リョータの村のモンスターは毎日インドールや、近くの村や町からのゴミを受け入れて、それを処分している。

ゴミはたまにゴミのハグレモノ――フランケンシュタインに孵《かえ》る事もあるだろうから、その分経験値が溜《た》まる。

それを思えば、レベル1なのは俺でもおかしいって分かる。

「生まれ変わった、ってことなんだろうな」

「そうなんですか？」

「ああ。よし、ちょっとこのまま待ってろ」

「え？　はい、分かりました……」

不思議そうに小首を傾げるミニ賢者を置いて、俺は転送ゲートを使っていったん屋敷に戻った。

倉庫から、使い道がなくて溜まっていたクリスタルを大量に持ち出した。

ダンジョンマスターがドロップした装備アイテムでドロップする様になるクリスタル。

レベルがカンストした後、余分な経験値を具現化して貯蔵するクリスタルだ。

それを大量に持って、再び転送部屋を使ってテルルの地下一階に戻る。

「あれ？」

ナウボードの前に来たが、ミニ賢者はいなかった。

どうしたんだろうとダンジョンの中を探してみると――いた。

ミニ賢者はダンジョンの入り口にいて、出たり入ったりしていた。

まるで反復横跳びをするかのように、ぴょんとジャンプして出て、またジャンプして戻る。

それを繰り返して――嬉《うれ》しそうにしていた。

その光景を冒険者達が見ていた。

「あれミニ賢者だろ？　モンスターの」

「見た目はそうだけど……なんでダンジョンを跨《また》いでるのに消滅しないんだ？」

「見ろよ、あの首輪。あれリョータファミリーのものだぜ」

「ってことはまたリョータ絡み？　すげえな、アイツが絡むとハグレモノでもダンジョンに出入り出来るようになるのか」

感動してる冒険者達をおいといて、俺は静かにはしゃいでるミニ賢者に近づいた。

「お待たせ」

「あっ、すみませんリョータ様、あそこを勝手に離れたりして」

「いやいい。気持ちは分かる。それよりもこれを」

「これは？」

「経験値だ」

そう言って、持ってきたクリスタルをミニ賢者に渡した。

クリスタルは受け取られた直後から、手のひらにのった雪のようにすぅと溶けてなくなってしまった。

「わっ、こ、これは⁉」

「心配するな、壊したとかじゃない、これはこういうものだ」

「あっ、そうですか」

ミニ賢者は見るからにホッとしていた。

俺は持ってきたクリスタルを次々と渡した。

訳が分からないって顔をしながらも、ミニ賢者は次々と受け取った。

受け取ったそばから消える経験値クリスタルを、消えなくなるまで渡す。

その間、わずか三分。

「これでもういっぱいか」

「はあ……」

「よし、ナウボードだ」

キツネにつままれたような気分のミニ賢者を連れて、さっきのナウボードの所まで戻る。

「もう一回やってみろ」

「分かりました……えええ⁉」

1／2

レベル：50／50

HP	C
MP	B
力	C
体力	C
知性	B
精神	B
速さ	C
器用	B
運	C

「まあ、こんなものだな」

ミニ賢者のステータスは平均的に高く、かなり強いものだった。

「す、すごい……」

それを見た本人は絶句し、俺を尊敬する目で見つめてきたのだった。

239．ミーケ・アウルム

テルルダンジョン、地下一階。

俺は観戦モードになって、ミニ賢者の戦闘を見守っていた。

レベルカンストしたミニ賢者は強かった。

元々剣を使った近接戦闘が出来て、魔法も攻撃・補助・回復と、一通り使える万能っぷりだ。

何でも出来るし強いのだが、強いて言えば何でも出来るけれどどれも「極めてる」レベルから程遠くて、器用貧乏な感じがする。

そのミニ賢者がスライム相手にもやしをどんどんドロップさせていた。

「驚いたな」

「うん……ああセルか」

いきなり真横から声が聞こえて振り向いたら、ダンジョン協会長のセルが並ぶ様に立っていて、ミニ賢者に視線を向けていた。

「噂《うわさ》を聞いてやってきてみれば、予想以上の光景ではないか」

「そうか？」

「人間に飼われたハグレモノがダンジョンに舞い戻る事が既に前代未聞、それが冒険者と同じように生産している姿など想像すらしたことがない。……下の階にも行けるのか？」

「ああ、ミニ賢者」

俺が呼ぶと、戦闘をちょうど終えたばかりのミニ賢者がこっちに向かってきた。

「なんですか？」

「余の名はセル・ステム。シクロダンジョン協会の協会長だ」

「えっ？　あっ、ミニ賢者のミーケです。よろしくお願いします」

「問いたいことがある、階層移動は出来るのか？」

「はい……」

それがどうしたんだ？　って感じで答えながらセルを見る。

「ダンジョンから出たり入ったりは？」

「出来ます、けど……」

「やってみてくれるか」

ミーケは若干戸惑った表情で俺を見た。

セルがなぜそれを聞くのか俺にも分からないが、とりあえずミーケに言った。

「見せてやってくれ」

「分かりました」

ミーケは歩き出して、ダンジョンの入り口に向かった。

入り口にやってきたミーケは、さっきと同じようにダンジョンの中と外を反復横跳びするように出たり入ったりした。

「……凄まじいな」

「え？」

「このようなハグレモノなど聞いたことがない。ダンジョンマスターでさえ階層移動は出来るが外には出られないのだ」

「なるほど」

ふと、アウルムの事を思い出す。

ダンジョンマスターよりも更に上位の存在であるアウルム、彼女でも自力でダンジョンから出ることは不可能なのだ。

だから毎回金塊に変えては連れ出して孵《かえ》し、俺が忙しい時は送迎出来なくなったりと。

彼女の願いをかなえてはいるが、完全には……って状況だ。

「それを考えたらミーケはすごいな」

「すごいなどというレベルではない。そして真にすごいのは、そうさせたサトウ様である」

「ミーケ、もういいぞ」

「はい」

ミーケはそう言って、ダンジョンの外から戻ってきた。

そこに一匹のスライムが飛びついた。

ミーケの死角から飛び込んだ体当たり攻撃。不意をつかれたミーケはスライムともつれ合って、転んでダンジョンの外に出た。

ダンジョンの外でももつれ合って一緒に転んだ後、ミーケはスライムを蹴り飛ばした。

そのまま「イラプション！」と攻撃魔法を詠唱して、スライムを一撃で倒す。

「ふう……びっくりした」

「大丈夫かミーケ」

「大丈夫です。いきなりの事でびっくりしただけです。相手、ただのスライムだったし」

「なるほど」

パッと見、ケガもしてないし、本人が自己申告した通りの出来事だったし。

ちょっとしたハプニング、それで話は終わり——。

「なぜ?」

——の、はずだった。

ミーケと一緒に振り返り、ダンジョンの中に戻ろうした俺たちを待っていたのは、死ぬほどびっくりしているセルだった。

「うん、どうしたんだ?」

「なぜ、消滅しない」

「え?」

俺はミーケを見た。見あげてくるミーケと目があった。

「いや消滅しないのは説明したし、さっきから見せてるだろう」

「ちがう、ミニ賢者の事ではない。スライムだ」

「スライム? ——あっ」

俺はハッとした。

そうだ、スライムだ。

ミーケはスライムを倒した——ダンジョンの外で。

モンスターはダンジョンから出ると消滅する。

ユニークモンスターで特殊能力がついたミーケはともかく、スライムは出た瞬間消滅したはずだ。

でも消滅しなかった。

ミーケが蹴り飛ばして、攻撃魔法を詠唱するまで普通に存在してて——普通に倒された。

「どういうことだ？」

「その子の能力かもしれぬな」

「私の？」

びっくりするミーケ。そうかもしれない。

「テストしてみよう。さっきと同じ状況の再現——いや」

もっと本質的なところを見た方がいい。

「スライムを捕まえて、そのまま外に出てみよう」

「はい！」

「ああ、まとめてやろう。二匹捕まえて、一匹は外に投げる、もう一匹は捕まえたまま外に出る」

「分かりました」

俺はいつもの能力テストモードに切り替えて、案を出してミーケに指示した。

セルと一緒に再び洞窟の中に移動して、ミーケのテストを見守った。

指示通り、ミーケはスライムを二匹捕まえた。

拘束の魔法を掛けて動けないようにしてから、捕まえてダンジョンの入り口に向かう。

そのまま一匹を投げた――スライムは消滅した。

まるでそこに何かがあるように、入り口をくぐった瞬間、スライムは跡形もなく消滅した。

ミーケは俺の方を不安げに見た。

「大丈夫だ、次」

「――はい！」

俺に言われて不安が取り除かれたミーケは気を取り直して、って感じでもう一匹のスライムを捕まえたまま――持ったまま歩き出した。

そのまま入り口をくぐると。

「わああ」

「ふぅむ」

声を上げるミーケ。唸《うな》って小さく頷《うなず》くセル。

ミーケが捕まえたままのスライムは消滅しなかった。

「これってどういうことですか？」

「つまり、ミーケが触れてるモンスターは外に出ても消滅しないわけだ。多分だけど階層を跨《また》ぐのもセーフだ」

「試してきます！」

ミーケは風の如くダンジョンに飛び込んで、すぐに戻ってきた。

「リョータ様！」

ほめて欲しそうな子犬の様な目で差し出したのは眠りスライム。

地下二階に生息してるモンスターだ。

地下二階からここまで連れてきた、つまり――。

「階層も跨げるってことか」

「はい！」

「すごいな」

「いや、すごいのはサトウ様であろう」

セルが割り込んできた。

「そうか？」

「ユニークモンスター、つまり突然変異種。それは今までもそれなりに数はあった。が、それらは全て『モンスター』の枠内にあった。モンスターである以上ダンジョンと世界の理《ことわり》から逃れられないままだ。その枠を取り払ったのはサトウ様で、真にすごいと称えられるべきはやはりサトウ様だ」

「リョータ様すごいです！」

セルとミーケの二人に称えられて、ちょっとむずがゆかった。

悪い気はしないけど恥ずかしいから話をそらそう。

そう思って話題のためにさっとあたりを見回すと、夕焼けが目に入った。

そろそろ一日も終わり、ブラック企業から解放された俺は夜は仕事をしないから、そろそろ帰宅する時間だ。

帰宅して、アウルムを迎えに行って、そして――。

「むっ」

「どうしたのリョータ様」

小首を傾げて聞いてきたミーケ。

しばしの間じっと見つめてから、セルに向かって、

「精霊付き、一人増やすかもしれない」

「ほう」

セルは驚くことなく、「それは誰だ？」って感じで見つめ返してきた。

「ミーケだ」

俺はミーケをアウルムの部屋に連れていった。

ミーケに手を引かれて、アウルムを屋敷に連れて帰った。

今まで俺に撃たれ、ハグレモノとして孵る、という手順を踏んでの送迎だったのが。

ミーケだと手をつなぐだけで出来た。

これにアウルムは大いに喜んだ。

精霊付き、ミーケ・アウルムが誕生したのだった。

240．黄金のリョータ

シリコンダンジョン、地下一階。

「次、アルセニックにも行ってみよう！」

「はい！」

一人と一体。

少女に抱っこされてるモンスターは風の如く下の階層から駆け上がってきて、そのまま風の如くダンジョンの外に飛び出してしまった。

その姿を目撃したシリコンの冒険者達は一様に不思議そうな顔をした。

「今のって……ミニ賢者、ってモンスターだよな」

「いや違うだろ。なんでモンスターが階層跨《また》いだりダンジョンから出られたりするんだよ。あの可愛い女の子のぬいぐるみと腹話術だよ」

「いや違う。ここだけの話、あれリョータファミリーの新顔だぜ」

一人物知りの冒険者がいたので、そこにいる冒険者達が全員注目した。

みんながシリコンダンジョンに通い慣れてる冒険者だけあって、全員が片手間でモンスターを倒しつつ話に耳を傾けている――というなんとも不思議な光景になった。

事情通の物知りがその視線に気をよくして、ちょっと得意げに説明を続けた。

「ユニークモンスター、って知ってるだろ。あれがリョータが飼って進化させたユニークモンスター。自分と自分が触ってる最中のモンスターで階跨ぎとダンジョンの出入りが出来るらしいんだ」

「「「えええええ⁉」」」

冒険者達から驚きの大合唱が起きた。

「うそだろ、ハグレモノがそんなこと出来るのか」

「ユニークモンスターは知ってるけど、それでもモンスターだろ？」

「はあ……やっぱりリョータファミリーってすげえな……」

「ふふん」

みんなの驚きがよっぽど心地よかったのか、事情通の冒険者が更に鼻をならして、得意げ&意味深に笑った。

「なんだよ、その笑い方」

「今の、ミニ賢者を抱いてる少女がいただろ」

「ああ――ってまさか！」

「そうか、触ってる最中のモンスターもってことだから、あの子もモンスター」

「じゃあ、あれもユニークモンスターってことか」

「ふふん」

更に得意げに威張る事情通――だったが。

「もうそれは分かったから！　全部さくっと教えろよ」

今度は「そーだそーだ」の大合唱が起きた。

「せっかちだな、分かったよ。あの子、アウルムって話だぜ」

「アウルムって……精霊付きか？」

「そういえばリョータ・サトウは前からアウルムをコントロールしてたな」

「でも精霊付きはリョータじゃなかったか？」

「じゃなくて――あれがアウルム本人」

「……え？」

「精霊そのもの」

「えええええ!?」

その場にいる、事情通をのぞいた全ての冒険者達が一斉にシリコンの入り口にぱっと振り向いた。

全員がおどろきと感動、そして尊敬の瞳をしていた。

☆

夜、風呂からあがって、台所に行って冷たいものでも、って思っていたら。

「リョータ！」

「うわっ！」

いきなり真横からタックルされた。

とっさの事で踏ん張ってどうにか尻餅をつくのを免れた。

「いきなり何するんだ……ってアウルムか」

「ありがとうリョータ！　本当にありがと」

「うん、ああそういうことか」

抱きついてくるアウルム、その横にミニ賢者のミーケがいるのが見えた。

「その様子だとだいぶ満喫したみたいだな」

「うん！　この街の全部のダンジョンに行ってきた！」

「そうか」

アウルムをアウルムダンジョンから連れ出してミーケに紹介すると、彼女はエミリーの夕飯を完全に忘れて、ミーケを連れて出かけていった。

「楽しかったみたいだな」

「うん！　ほかのダンジョンを初めて見た！」

「そうか。悪かったな、今まで連れてけなくて」

アウルムをダンジョンから連れ出したのは元々、彼女が「外の世界を見たい」という願いを持っていたからだ。

これまでに会った精霊は皆、それぞれ違う願いを持っている。

アルセニックは食欲を、セレンはまあ性欲を。

アウルムは深窓の令嬢かってくらい、外の世界を知りたがっていた。

だから俺はドロップＳと屋敷の転送部屋を使ってアウルムから連れ出したのだが、ほかのダンジョンには連れていかなかった。

理論上それも出来るのだが、ダンジョンに入り、階層を跨ぐたび一回撃ち殺して金塊をドロップさせて、それからハグレモノに孵《かえ》すって手順が必要だ。
　そこまでは――って事でしてやれてなかった。

「ほかのダンジョンも面白いね！」

「そうなのか」

「うん！　赤い雪とか降ってた」

「ダンジョンスノーか。そういえばアウルムにはなかったかな」

　ハイテンションでほかのダンジョンの事を話すアウルム。

　オモチャ売り場にいる子どもみたいなテンションだ。

「それならランタンとかも気に入るかもな」

「どういうの？」

「それは行ってのお楽しみだ。ミーケ、後で転送部屋使って連れていくから、明日にでもアウルムを――」

「今夜行きたい！」

　アウルムが俺の言葉を遮った。

　よほど行きたいんだな。

「分かった。ミーケは大丈夫か？　疲れてないか？」

「大丈夫です。アウルム様のお役に立てて嬉《うれ》しいですし、それに」

「それに？」

「これ、リョータ様に」

ミーケはごそごそと何かを取り出し、俺に渡した。

「金塊か、一キロあるな」

「アウルム様からもらいました。これをリョータ様に」

「いや、それはお前が持ってろよ。お前が稼いだものなんだから」

「でも」

「いいんだ。それよりもアウルム、ミーケはこれから『ミーケ・アウルム』って名乗ってもいいよな」

「もっちろん！　ずっと友達だよね、ミーちゃん！」

「は、はい！」

アウルムのテンションに逆に押され気味のミーケ。

これくらいハイテンションなら、後は大丈夫だろ。

ずっと懸案の一つではあったんだ。

俺が出張してる間、初めての場所に行ってる間、どうしてもアウルムをダンジョンにほったらかしにしてしまうのが気になってた。

それをミーケが解決してくれたことでほっとして、素直に嬉しかった。

「リョータ様」

「うん？　どうしたミーケ、そんな申し訳なさそうな顔をして」

「アウルム様を案内してる間にいろんな人が言ってるのを聞いてました。ごめんなさい、本当なら『アウルム』はリョータ様なのに」

「それこそ気にするな」

名前なんてたいした事じゃない。

「なに？　リョータにあたしの加護がなくなると困るの？」

「人間社会でそう見られるのは困るかもなって事だな。俺は気にしないが」

「だったら、分かりやすくこうしよう。この屋敷、リョータのだよね」

「うん？　ああそうだけど」

「じゃあさ――」

アウルムは手をすうっと差し出して、パチン、と指を鳴らした。

シーン。

何も起こらなかった。

いや何も起こらないはずがない。

この世界では精霊はある意味神だ。そして彼女らは特殊な能力を持っている。

そのアウルムが何かをしたそうにパチンと指を鳴らして、それで何も起こらないはずがない。

何が起こったんだ？　と、思っていると。

「あはははは、なにこれ、あはははははは」

屋敷の外から笑い声が聞こえてきた。

アリスの笑い声だ。

俺は窓をあけて顔を出して。

「どうしたんだアリス」

「それはこっちの台詞《せりふ》だよリョータ。何これ、アウルムちゃんがなんかしたの？」

「なんかしたのはしたけど……」

どういう事だとますます困惑する俺。

アリスが一目で分かるくらい、アウルムが何かをした。

それが何か――って思った途端。

「うおっ！」

思わず声を上げるくらいびっくりした。

ちらっと見えたので、更に窓から身を乗り出して振り向いてみた。

それではっきりと分かった。

一部しか見えてないけど、多分全部そうなんだろうって推測出来る見た目だった。

屋敷の外壁が、完全に黄金になっていた。

頭を引っ込めて、アウルムに聞く。

「これをやったのか」

「うん、色々黄金に変えた。本当に加護があるのがリョータって分かるようにしたよ」

「なるほど」

「あはははは」

「これは立派なのです」

「低レベルのくせに生意気な」

窓の外から次々と仲間達の声が聞こえてきた。

秀吉《ひでよし》ばりの黄金屋敷に感動してるのか——と思っていたら。

「余、参上。ううむ、これには負けてしまうな」

セルの声までも聞こえてきた。

……負ける？

何となく悪い予感がして、もう一度窓から身を乗り出した。

すると屋敷の庭、その一角で仲間達とセルが集まっているのが見えた。

全員が取り囲んでいるものがある。それは俺の形をした等身大の黄金像だった。

「銅像からパワーアップしてる⁉」

悲鳴に近い声を上げてしまった。

セルが「負けた」って言ったのはやっぱりこういうことか。

俺は慌ててアウルムに像だけでも引っ込めようと言おうとしたが。

「リョータ様……格好いいです」

ミーケがキラキラした目で、窓枠に小さな体をぶら下げて黄金像を見つめていた。

まるで子どもの様な純粋な瞳に水をさす事が出来なくて、アウルムにやめてくれ、とは言えなかった。

こうして、我がリョータファミリーには。

黄金屋敷と黄金像。

そして、ユニークモンスターかつ精霊付きの仲間が新たに加わったのだった。

241. 宴会

「花見をしようよ！」

朝、みんなが集まった食堂で、アウルムがぶち上げるように言った。

ミニ賢者のミーケを膝の上に乗せて目をキラキラさせているアウルムに、仲間全員の視線が集まる。

「花見？」

「うん！　人間って春に花見をするもんだって聞いたの、それをやりたい！」

「こっちにも花見なんてあったのか」

つぶやきながら、何となくエミリーの方を見る。

「あるですよ。私のお母さんはお花見が大好きでした。毎年友達のみんなと花見をしていっぱいお酒を飲んでたです」

「あら？　エミリーのお母さんって、前聞いた時は一年中ダンジョンに籠もってる様な人だったけど、花見もするのね」

「お友達のみんなをさそってダンジョンの中で花見するです」

「それは……ただの宴会？」

みんなが普通の食事をする中、一人だけニンジンをガジガジかじってるイヴが無表情で聞き返した。

「ハイです！　お母さんは宴会が出来る花見が大好きなのです。あっ、ダンジョンスノーが降る階を選んでやってたですよ？」

「そりゃ花見じゃなくて雪見だ」

「なんか楽しそう！　ねえ、花見しよう！」

エミリーの母親の話を聞いて、ますます花見に興味を持つアウルムだ。

元々ダンジョンの外の世界を知りたがりな彼女、地上の恒例行事には心惹《ひ》かれるものがあるのだろう。

アウルムだけじゃない、いつの間にか全員が俺に注目していた。

やりたいけど決めるのはリョータ。

みんなそんな顔をしていた。

もちろんこういうイベントに否《いな》はない。

「よし、やろうか」

歓声が上がったのを、ひとまず止める。

「そのかわりちゃんと仕事してからだ。特にアウルムはダンジョンに戻らないとな」

「分かった！　花見のために仕事頑張る！　行こうミーちゃん！」

「わわわ！」

アウルムはミーケを捕まえたまま食堂から飛び出した。

よほど花見がしたいんだな。

「私、お花見の料理を作るです」

「お手伝いします」

冒険者ではないエルザが、エミリーの協力を申し出た。

「花見は……場所取りが必要なのかな？」

こっちの世界の花見はまだ分からなくて、それをみんなに聞いた。

するとファミリーの知恵袋のセレストが答えてくれた。

「そうね、ちゃんと場所取りをした方がいいわ」

「あたしがやる」

アリスが乗り気で場所取りを買って出た。

「いいのかアリス？」

「うん、だってあたしが一番退屈しないから」

そう話すアリスの肩で仲間のモンスター達がわいわいしていた。

ガチャポンに入っているような、デフォルメされた見た目のモンスター達、アリスの仲間。

たしかに、アリスがファミリーで一番場所取りの退屈さとは無縁だな。

「じゃあ頼む」

「うん！　まっかせて」

「セレスト、イヴ、それにレイア。俺達は食材を集めよう」

「分かったわ。エミリー、リストを頂戴」

「リストが出来るまで、まずニンジン」

こうして俺達は花見にむけて、それぞれ動き出すのだった。

☆

シクロの外れにある、普段はほとんど人が通らない場所。

サクラの木が群生していることで、年に一度、この時期だけ人がごった返して賑《にぎ》わっている。

その一角、見晴らしのいい場所に、広いシートを敷いたアリス・ワンダーランドが座っていた。

周りの者と同じく場所取りをしている彼女は、シートの上で仲間モンスター達と遊んでいた。

全部がデフォルメサイズになっているモンスター達。

スライムのプルプル。

スケルトンのホネホネ。

小悪魔のボンボン。

ニードルリザードのトゲトゲ。

マスタードラゴンのガウガウ。

人形劇が出来そうな程のバラエティ豊かなメンツと、アリスは喋《しゃべ》ったりじゃれ合ったりしていた。

そんな彼女のところに、見知らぬ一団が近づいてきた。

「おめえのせいだぞ。出遅れたからほら、もういい場所あいてねえじゃねえか」

「俺だけのせいか？　そもそも場所取りするっつったのに寝坊したお前が悪いんだぞ」

「俺もそう思うぞ」

「ちっ、分かったよ。だったら俺がなんとかしてやる」

「なんとかってどうするんだよ」

「まあ見てろ」

いかにもガラの悪そうな一団のうちの一人が、あたりをぐるっと一通り見回してから、にやり、とした顔でアリスに近づいてきた。

「おいお前」

「うん？　なあに？」

「ここ譲れ」

「えー、ダメだよ。ここはあたしと仲間達で花見をするための場所なんだから」

「いいから譲れ、なっ」

男は足を上げて――ドン！　と地面を踏んだ。

地面がえぐれて、土があたりに飛び散った。

「おー」

威嚇行為なのだが、アリスには威嚇された様子はまったく無い。

「こっちが優しく話してるうちに、なっ」

「ごめんね」

アリスは即答した。

「ここは仲間のみんなと花見をするところなんだ」

「ああん？」

男がドスのきいた声を上げて、アリスを睨《にら》んだ。

「お、おい……あの子ってまさか」

「間違いない、リョータファミリーのドラゴンマスターだ。やべえぞ、あれ」

男の仲間達がアリスを見てひそひそとつぶやいた後。

「お、おい。その辺で――」

と、止めに入った。

「おう、もうちょっと待ってろ。今場所作るからよ」

仲間達の制止と強ばった表情に気づかず、男は再びアリスの方を向く。

「もう一度言うぞ、この場所を譲れ」

「ごめんなさい」

アリスはあくまで平然とした様子で断った――その直後。

男はアリスの襟を締め上げた。

「調子にのってんじゃねえぞガキ女、こっちが優しくしてりゃつけあがっ――ぷげっ！」

男が吹っ飛んだ。

アリスの後ろから突進してきた丸い物体に当たって吹っ飛んでいった。

「プルプル！　ってみんな！」

振り向くアリス、そこに彼女の仲間モンスター達がいた。

直前までの小さな、デフォルメされた愛らしい姿じゃなく、元のサイズのモンスターであった。

モンスター達は全員が殺気立っている。

アリスが止める間もなく、スケルトン、小悪魔、ニードルリザードが飛びかかっていき、男をぼっこぼこにした。

マスターのアリスにした侮辱的な行為に、モンスター達がぶち切れた格好だ。

「みんなもういいから、ちょっとガウガウ！」

当のアリスが止めても止まらなかった。それどころか元のサイズに戻ったマスタードラゴンが、その巨体から業炎をはき出した。

炎が男に向かって飛んでいき、周りから悲鳴が上がる。

空間すら焼き尽くす程のマスタードラゴンの炎、最悪の事態が誰もの頭によぎった――次の瞬間。

乾いた音がして、男の前に氷の盾ができあがった。

何重にもわたって張り巡らされた氷の盾はマスタードラゴン・ガウガウの炎を防ぎきった。

それでもぶち切れ状態から戻らないガウガウは、その巨体から鋭い爪を振り下ろす。

――どん！

地響きがする程の一撃は、割って入った男に止められた。

「リョータ！」

アリスが叫ぶ。

男の出現に、あたりがざわつき、同時に安堵《あんど》した。

☆

手がしびれてズキズキする。

とっさに割って入って止めはしたが、ガウガウの一撃はさすがに重かった。

さすがドラゴン種、ダンジョンマスターに匹敵すると言われるマスタードラゴンだ。

その一撃を止めるのに全力を出さざるを得なかった。

「ぐるるるる……」

ガウガウはまだ血走った目で俺を睨み、次の攻撃に入ろうとするが。

「その辺でやめとけ、アリスが悲しんでるぞ」

そう言うと、ガウガウはハッとして、アリスを見た。

仲間モンスターの暴走に悲しむアリス。

ガウガウ、そしてほかの四体は揃《そろ》って申し訳なさそうな顔をして、デフォルメされた小さな体に戻った。

全員がシュンとして、アリスの前に並ぶ。

アリスは彼らを撫《な》でて。

「悪い子だったね。でもいい子いい子」

そう言って撫でると、モンスター達は全員、一斉にアリスにじゃれついた。

こっちはいいとして――俺はボコボコにされた男の方を向いた。

「悪かったな、大丈夫か?」

「――てめえ何様のむぐっ!」

男は怒鳴ったが、すぐに仲間らしき者に羽交い締めにされ、口を塞がれた。

「あれ？　ヨーダさんどうしたですか」

「なんか戦った後みたいになってるわね」

横から声がした。

そっちを向くと、エミリーからミーケまで。

ファミリーの仲間達が勢揃いしていた。

何がどうしたのかって俺も聞きたいところだが――。

「むぐっ！」

「ばか、お前やめろ。相手の事を知らないのか？」

「相手はあのリョータファミリーだぞ。三人の精霊付きがいるグループなんだぞ」

「まともなら、お前今頃消し炭だバカ！」

アリスと絡んでた連中が何か言い合いながら、もつれ合ってそそくさと立ち去っていった。

「何があったんだ？」

「んとね、ここの場所を譲ってくれって言われたの」

「ああ……」

なるほどそういうことか。

ガラの悪い連中、まだ幼さが残るアリス一人。

何となく話が分かった気がした。

「悪いな、なんか」

「ううん、大丈夫」

「低レベルの上にチビ、舐《な》められるの仕方ない」

「そうね、こういう時見た目は大事よね」

イヴとセレストがそう言いながら、アリスが場所取りしたシートに上がった。

「こうしたら舐められないで済むかな」

パチン、と指を鳴らすアウルム。

次の瞬間、シートが黄金になって、それを押さえる重しも黄金の像になった。

一瞬でキンキラキンになった俺たちの花見スペースは、思いっきり注目を引いた。

「これなら舐められないで済むです」

「別の意味で舐められると思う」

「それよりも花見花見！」

アウルムはハイテンションでシートに上がった。

無邪気にはしゃぐ子どもの様なその姿に、「ま、いっか」と思った。

仲間達が集まった花見。

花は綺麗《きれい》で、エミリーの料理も美味くて、初めての花見ではしゃぐアウルムのテンションで、全体的に楽しかった。

「舐められる、かあ。あたしも精霊付きになったら舐められないで済むかな」

花見で盛り上がる中、アリスはこっそり、決意を固めていた。

242・二人分のリョータ

テルルダンジョン、地下一階。

久しぶりに通常の仕事——狩りドロップ換金をやろうと、屋敷の転送部屋を使ってダンジョンに入った。

レイアは既に俺に装着されていて、アームで銃を構えている。

そのアームがシャカシャカと動いている。

「微妙に気合入ってる？」

『そんなことないです』

いつもの淡々とした口調からの丁寧な言葉遣いだが、やっぱり微妙に気合が入ってる。

まあいい、気合が入ってるのはいいことだ。

さて、早速モンスターを倒していくか。

「うわああああ！」

「や、やってられるか！」

離れたところが妙に騒がしく、冒険者達が一斉にこっちに逃げてきた。

一人二人じゃない、フロアにいる冒険者達が全員逃げてきた、ってくらいの数だ。

「どうした」

テルル地下一階なので顔見知りが結構いて、その中の一人に聞いてみた。

「あっ、リョータさん」

「何かあったの？」

「ハグレモノですよ」

「ハグレモノ？」

「昨日無茶をした冒険者がいてさ、モンスターにやられて逃げだしたんだ。そいつが装備をダンジョンに落としていったらしいんだ」

「……ああ」

状況が分かった。

この世界の冒険者が無理をしない理由がもう一つある。

冒険者の装備も、突き詰めていくとモンスター達からドロップしたものだ。

それが人のいない所に放置されれば、当然の如くハグレモノに孵《かえ》る。

例えば強い冒険者が深手を負って誰も助けられない所で死んでしまうと、その装備はそのままハグレモノの大群になって二次災害を起こす。

そういうこともあるから、この世界の冒険者は極力無茶はしない。

それでも人間だからたまにミスもあって、今回は物を落としたのにも気づかないくらいのケガを負って敗走したことで産まれた事件、ってところか。

こうしてる間にも冒険者達が逃げてくる。よほど強いモンスターなんだろう。

しかたない、放置してたら仕事にならないから、倒せるなら倒してしまうか。

俺は逃げてくる冒険者の流れを逆走していった。

しばらくすると、慣れたダンジョンの中に見慣れないモンスターが見えた。

珍しい、ほぼ人間型のモンスターだった。

かといって完全に人間かといえばそうでもない。

サイズは人間、しかも年頃の少女とほぼ同じ。

それが背中に一枚だけ、右側に蝶々《ちょうちょう》の羽がついている。

髪型も人間の少女と同じ、羽と同じ右側に一本結び――サイドテールで結ばれていた。

「対話は出来るか？」

「――――」

モンスターは文字では表現出来ない様な声を上げて、突進して攻撃をしかけてきた。

速い！　とっさに地面を蹴って真横に跳ぶ。

俺よりも後に動いたのに、ほぼ同じ速さでついてきた。

無造作に手を振ってくる。腕を上げてガード――吹っ飛ばされる。

ガードごと吹っ飛ばされた。

腕がじんじんして、突き抜けていった衝撃で体全体がずきずきする。

肉薄されては銃が使えない、そう思って距離を取ろうとしたが、向こうの速度が速すぎて距離が取れない。

レイアもアームをシャカシャカさせるが、撃つどころかまともに照準も合わせられない。

銃が使えないなら肉弾戦だ。

力ＳＳ、速さＳＳ、体力ＳＳ。

肉弾戦でもきっと後《おく》れを取らないであろうステータスで、切り替えて迎え撃った。

モンスターのしなる腕を躱《かわ》して、えぐる様なフックを叩《たた》き込む。それをガードされたのでガードした腕を掴《つか》んで振り回して、地面に叩きつける——が。

すぐに反撃が来た。掴まれた腕を逆に軸に利用して、回転の効いたキックが飛んできた。

皮一枚で躱し、髪の毛がかすめられて切られた。

速いし、強い。

俺が全部ＳＳなら、むこうは全部Ｓってくらい強い。

真剣に、本気でやれば負けはしないが、時間がかかる。

「——なら！」

攻撃とほぼ同時に銃を抜いて、自分に突きつけた。

攻撃じゃないのなら肉薄されてもそのまま撃てる——そして撃った。

自分に撃ったのは加速弾、メチャクチャ加速して、違う時間の流れに入る特殊弾。

撃った瞬間、自分以外の全てがスローモーションになった。

速さＳほどもあるモンスターも、加速した世界の中ではよちよち歩きの子ども程度の速度だ。

この状態だと銃弾は使えないから、肉弾戦で倒す。

接近して、百烈拳《ひゃくれつけん》を彷彿《ほうふつ》とさせる殴り方でモンスターを殴った。

秒間余裕で１００発を超えるパンチを浴びて、モンスターは吹っ飛んでいき、壁にめり込む。

そして、加速する世界の中で、徐々に消えていく。

「ふう……強かった」

加速がとけて、モンスターが消えた後、俺は手の甲で額の汗を拭いながらつぶやいた。

名前も知らないモンスターだったが、強さで言えばダンジョンマスター級かもしれない。

周りにはスライムとかがいるから、ダンジョンマスターのような特殊能力はないみたいだが。

なにはともあれ、これで一段落――。

「うわあああ！」

「た、助けてくれ！」

今度は地下二階から冒険者が逃げてきた。

まさか！　って思って地下二階に降りた。

するとそこにモンスターがいた。

珍しい人間型、美少女に見えるモンスター。

蝶々の羽もサイドテールもさっきのと一緒だが――。

「左、か」

それらは両方とも左側についていた、さっきのヤツとはまるで鏡あわせ、よくある双子キャラ的な感じだ。

それを見て、俺は悪い予感がした。

ものすごく悪い予感がした。

そしてこういう時の予感は当たるもので。

「きゃあああ！」

地下一階から――倒したはずの上の階からまた悲鳴が聞こえてきた。

☆

テルルダンジョンの入り口近く、ダンジョンの外。

「ユニゾンツイン、というモンスターだわ」

騒ぎを聞きつけてやってきたセレストが言った。

リョータファミリーの知恵袋は今やシクロのダンジョンにとどまらず、世界中のあらゆるモンスターの知識が頭に入っているらしい。

「再生するモンスターなのか？」

「ある意味そうね。話を聞くとそれが一体いるようね」

「一体？　……ああ、親子スライム」

「そういうこと。親子スライムと同じパターン。複数の個体があるように見えるけれど、一体なのよ」

「ってことは特殊な倒し方をすればいいのか？」

「ええ。同時に倒さないといくらやっても復活するのよ」

「同時か」

「それに同じ人じゃないとだめよ」

「そうか、普段は普通に同じ階層にいるから」

セレストは眉をひそめて頷《うなず》いた。

「普段は同じ階層にいるから同じ人が同時に、ってのはどうとでもなるけど、今回は違う階層だから……」

セレストが言うと、周りにいた、一階と二階から逃げてきた冒険者達がざわついた。

「うそだろ……」

「リョータ・サトウでさえ倒すのに手間取ったモンスターを同時撃破だって？」

「リョータ・サトウでも分身はむりだろ」

「どうすんだよ……」

「……危険になるが、ミーケだな」

「ええ、危険になるけど」

ミーケ・アウルム。

ファミリーに新しく加わった仲間で、進化したユニークモンスターで、「触っているモンスターであれば階層移動が出来る」能力を持つ。

「あの子が触ってる間は階層移動出来るから、その間にどっちかに集めればリョータさんが倒せるわ」

セレストの言葉に歓声が上がった。

解決の糸口が見えた事に対する歓声だ。

だがそれはだいぶ危険だ。

ミーケはレベル50、能力はCとBの混合だ。

ユニゾンツインはさっき戦った限り、かなり強い。

ミーケには危険かもしれない。

もっといい方法はないのか？　加速弾を使って限界まで加速すれば……。

「話は聞いたよー」

悩んでる俺の元に、アリスが現われた。

彼女は肩に仲間のモンスター達を乗せて、いつもの明るい調子で言った。

「あたしに任せて」

「アリスに？」

「うん、ほら、あたしってさ」

「……そうか！」

俺はそのことを思い出した。

試してみる価値はあると思った。

☆

他ダンジョンに入って、テルルの地下一階と地下二階にアリスと一緒に来る。

アリスは二階に、俺は一階のまま。

「タイミングはどうする？」

「時間を計るのなら加速弾だ。加速弾が切れかかった瞬間に倒す」

「オッケー！　りょーちん！」

アリスの召喚魔法「オールマイト」。
使った瞬間、俺のデフォルメされたキャラが現われた。
見た目はぬいぐるみにデフォルメされた俺だが、能力は俺とまったく同じだ。
「それじゃいくぞ――せーの！」
俺のかけ声で、俺と、りょーちんが同時に自分に加速弾を撃った。
召喚したアリスを置き去りにした、加速した世界。
俺は一階、りょーちんは二階にいるユニゾンツインを探して駆け出した。
すぐに見つけた。
ユニゾンツインは加速した世界の中でのろのろと動いていた。
加速弾の効果時間は分かっている。
それが切れるまでに、まずは削った。
肉弾戦で、ユニゾンツインを削った。
時間稼ぎからの「リペティション」は使わなかった。
分身は倒したけど、それはまだ倒したうちに入らないからだ。
削った、とにかく削った。
加速した世界の中、ユニゾンツインは反撃すら出来ずに、一方的にボコられた。
そして、加速弾が切れる瞬間――全力でトドメをさした。
時間が元に戻って、ユニゾンツインが消える。
その場で少し待つが、復活してくることはなかった。

更に待つ、さっきだとあきらかに復活したのが、してこなかった。

「やほー」

下の階からアリスが上がってきた。

俺に親指をたてて、向こうも復活してない事をアピールしてきた。

「ふう……」

やっかいだったモンスターを倒して外に出ると、冒険者達は歓声で俺とアリスを出迎えてくれたのだった。

243. ボーナスステージ

「あれ？」

テルルダンジョン、地下一階。

仕事のために飛んできたダンジョンだが、冒険者は一人もいなかった。

ある意味では、初めて見る光景だ。

モンスターがうようよいるが、冒険者は一人も見当たらない。

ニホニウムではよくある光景だが、それ以外のダンジョンでこうなったのは初めて見る。

「何があったんだろう」

「聞いてきます」

周回のために一緒についてきたレイアが近くの休憩所に走っていった。

シクロダンジョン協会の福利厚生、ダンジョン内の休憩所。

ドアを開けて中に入ったレイア——そっちには人がいた。

休憩所のスタッフに話を聞いて、レイアはすぐに戻ってきた。

「マスター、フォスフォラスが現われたみたいです」

「フォスフォラス？　聞き慣れない名前だな、モンスターか？」

「いいえ、ダンジョンです」

「ダンジョン……ああっ」

すごく久しぶりだから気づくのが遅くなった。

そうだ、ダンジョンの名前だ。

大昔に気になって調べたことがある。金がアウルムっていうのと同じように、調べたものの中にフォスフォラスってのがあった。

テルルとかシリコンとか、ニホニウムとか。

そういうのと同じ、ダンジョン《げんそ》の名前だ。

「それが現われて、冒険者がここから姿を消した……新しいダンジョンが出来たのか⁉」

ゴトン！

重いものが地面に落ちた音が聞こえた。

音に振り向くと、セルがフィギュアサイズの銅像を地面から拾ってるのが見えた。

俺の銅像、二丁拳銃でガン＝カタしてる様なポーズの銅像。

まったく新しい構図の銅像だ！

それを拾ってるのを見られたセルは、ゴホン、と咳払《せきばら》いして。

「そういうわけではないのだよ」

「いやいやいや、何事もなかったみたいに言われても！」

「フォスフォラスはボーナスステージなのだよ」

俺の突っ込みを完全にスルーして、語りはじめるセル。

「移動するダンジョン、不定期にあっちこっちの街に現われるダンジョンだ。現われてから一日で消えてどこかへ移動してしまうため、どの街にも属さない特殊なダンジョンなのだよ」

「完全になかったことにするつもりかよ、まあいいけど」

俺は苦笑いしつつ、気を取り直して質問した。

「一日だけ現われるのは知ってるけど、なんでボーナスステージなんだ？　ここに冒険者がいないって事は、よほど美味しいダンジョンなのか？」

「金《かね》だ」

「かね」

おうむ返しする俺は、発音が平坦《へいたん》なものになってしまう。

「金って……これの事か？」

ポケットの中からこっちの世界のお金を取り出す。

紙幣と硬貨。

単位がピロになってる、価値と額面はほとんど日本円と同じようなお金だ。

「うむ。フォスフォラスは直接お金をドロップするダンジョンで、しかもドロップのステータスにほとんど左右されない」

「つまり誰が行ってもそれなりに現金を得られるってことか」

「うむ。とても不思議なダンジョンだ」

「…………」

ダンジョンでモンスターを倒して、そのままお金をドロップする。

確かに少し不思議だが、その辺の感覚はゲームで慣れた俺からすれば違和感はすくない。

それでもすくないで少しはあるのは、この世界に慣れてきたからなんだろう。

「しかし……みんなあっちに行くと、物資が減るよな」

「我が一族がダンジョンを管理している理由でもある」

「うん？」

どういうことだ？　って顔をしてセルを見る。

「今の様に、皆が直接金銭を取りに行けばそのぶん物が減る。直接金銭を獲得すれば面倒もないからな」

「確かに」

「しかしそれをしていると、やがて物が足りなくなる。金よりも物の価値の方が圧倒的に上がってしまう」

「……インフレになるな」

セルははっきり頷《うなず》いた。

もう一度ダンジョンの中を見た。

普段はわちゃわちゃいる冒険者がまったくいない。

この瞬間、完全に生産がストップしてしまってる状況だ。

難しいことを考えなくても、これがいい状況じゃないのははっきりと分かる。

「とはいえ一日だけなら備蓄分の物資で事足りるし、一次生産者の手に潤沢な現金があるのは経済が活発になるので、いいことではある」

「そうだな」

「あっ！　サトウさん！」

「うん？　イーナのお母さん？」

声の方に振り向くと、ダンジョンの外、入り口の向こうにイーナの母親の姿が見えた。

八百屋経営で冒険者ではない彼女は、戦えないためにダンジョンに足を踏み入れるのを恐れている感じで、外から俺の事を見ていた。

向こうが入ってこられないから、こっちが向かっていき、ダンジョンの外に出た。

「どうしたんですか？」

「あの……今日のスイカって……」

イーナの母親はおそるおそると。顔色をうかがう、そんな感じの表情で俺を見た。

セルが一人もいないダンジョンから出てくる。

ああ、そういうことか。

冒険者がこぞってフォスフォラスに行ってしまったから、それを心配してるんだな。

スイカのように、俺はいくつか契約生産——のようなものを結んでいる。

イーナの実家に納入するスイカがその一つだ。

「大丈夫ですよ、後でいつもの様に届けます」

「ああ！　ありがとうございます！　ありがとうございます！」

イーナの母親は何度も何度も頭を下げた。

フォスフォラスは面白そうで興味深いけど、こっちは先約だから、こっちを優先しよう。

この日は、ほかの冒険者がこぞってフォスフォラスに入ったので、リョータファミリーが普段通りにドロップ品を納入したら、あっちこっちで感謝された。

☆

翌日、フォスフォラスは何故か消えなかった！

244. 日給２０００万の男

この日も各ダンジョンに冒険者がいなかった。

テルル、シリコン、アルセニック……。

行きつけのダンジョンはどこも、ニホニウムの様にモンスターだけいて、冒険者がいない状況になっている。

「これはまずいな」

「きわめてまずい」

「うおっ！」

アルセニックの岩に囲まれてつぶやいてると、真横からいつの間にかやってきていたセルが話しかけてきた。

「来てたんだ」

「サトウ様がここにいると聞いて」

「誰にも行き先は告げてないぞ」

そもそも転送ゲートを使って移動してるから聞いて追いつけるようなものじゃない。

「…………」

「そこで黙るなよ」

「我が一族が造幣を管理しているのもこのためである。誰でも貨幣を好きなだけ出せると、そこばかりに行って物が足りなくなる」

「そうだなあ……」

まだ二日目だが、もう深刻さが伝わってきた。

ダンジョンに入っても冒険者がいない、すなわち物の生産が完全に止まる。

これが進むと、街の店、店頭から物が完全に消えてしまう。

「どうにかしてもらえないだろうか」

「……分かった」

セルの要請に、俺は重々しく頷《うなず》いた。

☆

何をするにも、まずは状況把握。

ってことで、いったん屋敷に戻って、街に出てから、街はずれに出現したフォスフォラスにやってきた。

今もぞろぞろと冒険者達が足を踏み入れていくそこは、洞窟、という感じではなかった。

地上一メートルくらいの高さに雲が浮かんでて、その雲の上に扉がある。

観音開きの扉が、しまる暇なく、ひっきりなしに冒険者が中に入っていく。

「はやくはやく」

「おい引っ張るな、急がなくても――」

「そんな悠長な事言ってたら雲に乗って消えちまうぞ」

冒険者のコンビが俺の横をすり抜けてダンジョンに入っていった。

「ああ……なるほどな」

ビジュアルってのはすごく大事だ。人間は見た目のイメージにものすごく引っ張られる。

ダンジョンの入り口の扉が雲に乗ってる――移動式に見えるというのが、今、冒険者達があせりまくって、フォスフォラスに殺到してる理由だろうな。

俺は急ぐ冒険者と肩がぶつかりそうになりながら、中に入った。

地下一階はぎゅうぎゅうづめだった。

今までに行ったどのダンジョンよりも冒険者の数が多かった。

人は多いが妙な秩序が出来ていた。

まるでダンジョンそのものが一つの遊園地になったかのように、冒険者達はいくつものポイントに集まって、行列に並んでいる。

その行列の先頭を見てみると――。

「おい、ちゃんと並べよ」

「見るだけだから」

横入りを誤解した冒険者をなだめつつ先頭を見た。するとモンスターが現われた。

宝石箱に目がついた様なモンスターが、列の先頭に現われた。

直後、冒険者に倒された。

その冒険者はドロップしたものを拾って、列の最後尾に来て並び直した。

なんというか、見た事のある光景だな。

俺も並ぶことにした。

列に並んで、順番を待つ。

モンスターが次々と産まれては倒され、列が消化されていく。

あっという間に俺の番がきた。

目の前で産まれた目のついた宝石箱、開口部の縁がギザギザ歯になってるモンスターに銃を撃った。

成長弾一発、あっさりと倒した。

ドロップは——３万ピロ。

一万ピロ札が三枚だ。

一瞬で３万ピロの稼ぎ。

「そりゃ誰も普段のダンジョンに戻らないわけだ」

この一瞬で魔法カート一台分の物資に匹敵する稼ぎだもんな。

地下二階に下りると、同じように列がいっぱい作られている。

モンスターは上と違って、今度は手足のついた宝石袋だった。

同じように列に並び、産まれたモンスターをさくっと瞬殺して、今度は４万ピロをゲット。

更に地下三階に下りる。

モンスターは動かない金庫で、口と目がついていた。

アルセニックの様なモンスターだった。

堅牢《けんろう》な金庫に並ぶ冒険者達は苦労している。

よく見たらハンマー持ち、いつもはアルセニックにいるエミリーのファンらしき冒険者がちらほらいる。

普通の冒険者は数倍の時間を掛けて倒したが、動かない分、ものすごく安全だ。

そこに並んで、順番を持って、最初から全開の消滅弾で倒す。

「おおおおお！」

「セーフフェイスを一撃かよ」

周りが感嘆する中、ドロップの10万ピロを拾う。

ざっと回ってみた感じ、分かった。

列に並んでも普通の冒険者の一日の稼ぎを上回るし。

もし列がいらなくて――そうだな。

フォスフォラスが来て、まだ情報が広まりきらないうちに第一陣として突入したら。

俺なら一日２０００万ピロは稼げたんじゃないかって思う。

冒険者を説得して普段のいるダンジョンに戻ってもらおうという選択肢が頭の中にあったけど、これは無理だ。

「とっととフォスフォラスにお帰り願うしかないか」

「そう思う。そしてそれはサトウ様にしか出来ないこと」

「だから横からいきなり声掛けてくるな！」

セルの出現にちょっと慣れた自分が悲しかった。

245．ソロでレイドボス

三日目になっても、フォスフォラスはシクロに存在したままだった。

冒険者達はますますボーナスステージのダンジョンに籠もるようになって、物の生産が完全に止まった。

ほかの街、つまり輸入でまかなう物はまったくいつも通りだったが、野菜とか果物、植物系の品物は完全に店頭から消えてしまった。

これに割を食ったのが、冒険者じゃない家庭だ。

冒険者はフォスフォラスで大金を稼いでいる。ここぞとばかりに日夜問わずフォスフォラスに籠もって金を稼いでいるから、店頭から品物が消えても値段が高騰しても問題はない。

冒険者がよく使う酒場や食堂もそんなに影響はない。

あぶくゼニを手に入れた冒険者達相手だ、仕入れが高価になってもそのまま代金に上乗せすればいい。

人間ってのは不思議なもので、予定外の大金が手に入ると気が大きくなって散財するものだ。

牛肉が１００グラム１００ピロ～２００ピロといつもの値段なのに対し、キャベツ１個が１０００ピロを超えるという超高騰っぷりになった。

☆

早くなんとかしなきゃ、と俺はフォスフォラスの最下層、地下二十階にやってきた。

地下二十階は、今までと違う光景が繰り広げられていた。

まん中がロビーのようになってて、放射線状にあらゆる方角にひろがった12の巨大な扉がある。

まるで城門の様な観音開きの扉に、カウントダウンのタイマーがついている。

その扉に群がって、冒険者達が徒党を組んで、攻撃をしかけていた。

剣や槍《やり》、ハンマーに己の肉体という物理系から、炎に氷、雷とあらゆる魔法に至るまで。

あっちこっちで、あらゆる攻撃が扉に向かって放たれた。

「不思議な光景だな」

「初めて見る光景」

俺の横で、同行したレイアがいつもの平坦《へいたん》な口調で言った。

「ああ、初めてだ。冒険者がこぞってやってるってことは、あの扉がモンスターなのかな。でもモンスターの討伐には見えないよな」

「破壊工作」

「それだよな」

苦笑いを浮かべながら眺める。

率直に感想が出たように、どこもかしこもモンスター退治ってよりは破壊工作、もしくは解体作業って感じだ。

誰も彼も、扉に全力で攻撃を加えている。

ふと、一つの扉に目がとまった。

カウントダウンのタイマーがそろそろ終わる。
10、9、8……0。
タイマーがゼロになって、扉がポスン、と気の抜けた音を立てて消えた。

扉の奥に空間があった。十畳くらいのそれなりの空間。

その中には、何もなかった。

「くそっ！　失敗かよ！」

「溜《た》めが間に合わなかった……」

「失敗するとドロップゼロ……。知ってたとは言え、これはつらい」

その扉に攻撃をしかけてた冒険者グループがものすごく気落ちしていた。

なるほど、制限時間内に破れなければ何も出ないのか——。

ドゴーン！

「な、なんだ！」

ドゴーン！

ドゴーン!!

ドゴーン！！！

離れた所からものすごい轟音《ごうおん》が響きはじめた。

そっちを見ると、別の冒険者集団が扉に向かって攻撃をしかけていた。

人数は十人、まだ攻撃をしてない冒険者は全員が何かしらの「溜め」ポーズをしていて、溜めた後の一撃を扉に向かって放っていた。

タイマーは残り一分を切り、全員が溜めた攻撃を放った。

すると、扉がものすごい勢いでぶち破かれ、奥にさっきのと同じような空間が出来た。

ポン、と扉の残骸が消えて、奥の空間に札束の山が出来た。

ざっくり数えて２０００万。

冒険者達が中に入って、山分けをはじめた。一人２００万だ。

「ここ、最高の場所ですね」

「僕の溜めは一回に30分かかるから、普段はあまり使い物にならなかったですけど」

「俺もそうだよ。いやあ、ゆっくり溜められるここは最高だ」

金を山分けした冒険者達は上機嫌だった。

「なるほど、チャージに時間がかかりすぎて、普段は使えない大技を持つ冒険者達か」

「そういう人達には天国」

「だな」

最下層の状況は大体分かった。俺もそろそろやらないと。

さっき失敗した冒険者達が気落ちして引き上げていき、それで部屋が一つ余った。

俺はその部屋の前に立って、ちょっと待った。

フォスフォラスをどうにかしなきゃいけない。

いつ消えるとも分からないのなら、ダンジョンの精霊――フォスフォラス本人に会うしかない。

そう思ってここに来た。

精霊に会うための正攻法、最下層でモンスターを倒すこと。

だからここに来て、扉——多分モンスターの扉の復活を待った。

ふと、後ろがガヤガヤしてることに気づいた。

何事かと振り返ってみると——。

「うおっ！」

いつの間にか冒険者達が集まってきていた。

12の——残った11の扉にそれぞれいた冒険者達が集まってきて、取り囲んで、俺を見ている。

「どうしたんだ？」

「リョータさんがどうやってこれをぶち壊すのか知りたい」

冒険者の一人、エミリーブランドのハンマーを持ってるマッチョな男が言った。

彼と同じ意見——とばかりに半数以上が頷《うなず》き、残った半数も目で同意見だと分かった。

「マスター、人気者」

「複雑だ」

そしてやりづらい。

しばらくして扉が復活した、俺はやりづらさを背中に置き去りにする様にして、深呼吸一つ、扉と向き合った。

「レイア」

「はい」

変形するレイアを装着し、小手調べに俺とレイア、合計６丁の拳銃から通常弾を連射。

一人弾幕と言わんばかりの勢いで銃弾を思いっきり叩《たた》き込んだが、無数の銃弾で巻き起こった砂煙の中から姿を現わしたのは――。

『無傷です』

「そうみたいだな。次、消滅弾行くぞ」

『はい』

レイアが装填する弾丸をかえる。

通常弾から全部冷凍弾にかえる。

そのまま冷凍弾を連射。

それを確認した俺は、火炎弾を連射。

レイアが撃った冷凍弾に追いつき、融合させて消滅弾にする。

レイアの精度は未だに１００％とはいかない。撃っても絶対に融合弾になるとは限らない。

だからこうして、一種類の連射に専念してもらって、俺がもう一種類の方を撃って、融合させるというやり方だ。

「「おおおおお⁉」」

傍から見ればレイアが撃った弾丸を全部俺が撃った（撃ち落とした）形になったので、状況が分からずとも、歓声が上がった。

その無数の消滅弾が扉に当たる、いつもは空間ごと食いちぎる消滅弾が、ほとんど効果なく消えてしまう。

が、全くの無効化でもない。

『表面が削れたのを確認』

「硬いな」

『どうしますか』

「弾切れにならないとも限らない。全部通常弾で行こう」

『分かりました』

レイアは再装填を始めて、最初と同じように通常弾を全拳銃に装填——そして連射。

俺も通常弾を連射、融合した貫通弾が一点集中で扉を攻撃。

数珠つなぎの爆音、まるで道路工事だ。

慣れてきたのでペースを上げると、爆音がさらに短い間隔になっていき——しまいには繋《つな》がってしまった。

パンパンパンパンパンパン……——ではなく。

パ————————ーン！

な音になった。

その音に混じって、観戦する冒険者達から歓声が上がる。

扉は徐々にえぐられていき、連射する貫通弾が少しずつ扉に穴を空けていった。

撃ち込むこと数百発、時間で言えば3分程度だろう。

それくらいの連射の果てに、扉は貫通され、穴が空いてしまった。

その、直後。

ポン！

と扉が消えて、向こうの部屋らしき空間に山積みの札束が出てきてしまった。

「おおお！」

「すげえ、はええ！」

「一人で、しかもこんなに短い時間で破るのかよ……」

周りが感嘆する中、俺はしばらく待った。

感嘆の言葉がしまいに疑問に変わっていく、誰もが「なんでお金を取らないの？」って疑問を持つようになった。

それでも待った。

下に続く階段、フォスフォラスへの階段が出るのを。

「だめか、レイア。リヴァイヴだ」

『はい』

俺は諦めてレイアに命令すると、アームの一本が伸びていき、山積みの札束に魔法を掛けた。

ドロップ品を瞬時にモンスターやハグレモノに戻す魔法、リヴァイヴ。

一瞬で札束が元の扉に戻った。

「えええええ!?」

「なんで？　戻す、なんで？」

「お金がいらないのか――」

ざわつく中、俺は扉に向かって手を伸ばして、「リペティション」と唱えた。

扉が再び札束に戻る。

「倒した⁉」

「最終周回魔法じゃないか」

「一秒でかよ、すげえ……」

さっき以上に驚きと感嘆が飛びかう中、俺は待った。

待ち続けたが、階段は出なかった。

その後も驚嘆の中でリヴァイヴとリペティションを繰り返したけど、階段は出てくれなかった。

うーむ、どうしようか。

246. リョータにしか出来ない

数十回チャレンジしたけど、結局精霊・フォスフォラスに繋《つな》がる階段は最後まで出なかった。

夕方、上がりの時間になった。

仕方ないから最後にドロップした２０００万の札束を持って、転送ゲートから屋敷に戻った。

「お帰り！」

「うお！」

夕焼けにそまる屋敷の転送部屋で、アウルムが俺を出迎えた。

腕の中には人形のように、抱っこされてるミニ賢者のミーケがいる。

「お帰りなさい」

「ただいま。どうしたんだ二人とも」

「リョータにお帰りって言いたかったの！」

アウルムはものすごくテンションが高かった。

「俺にただいま？」

「人間って、ただいまとかお帰りとか言うんでしょ？　今までリョータに連れ出してもらってたばかりだから、全然言えなくてさ」

「なるほど」

同棲《どうせい》カップルがあえて外で待ち合わせデートするようなものか。

「うふふー、リョータのおかげでまた一つ経験しちゃった」

「よかったですねアウルム様」

「あなたのおかげでもあるわね。これプレゼント！」

アウルムはそう言って手をかざす、手のひらがパア、と光った後、ミーケの体に黄金のアクセサリーがついた。

また、増えた。

ユニークモンスターとして、自分と自分が触っているモンスターのダンジョンと階層の移動が自由になったミーケは、外に出たいアウルムのパートナーになっていた。

そのアウルムがことあるごとにミーケに感謝してお礼をしてたら、今やミーケの体は全身黄金のアクセサリーまみれになったわけだ。

十本の指全部に指輪、二次元アイドルの追っかけの様なフル装備な感じだ。

そんなミーケとアウルム、仲が良いのは間違いない。

「ただいまって言ってもらえるのは嬉《うれ》しいな、ありがとう」

「それはあたしの台詞《せりふ》。リョータがいなかったらあたしはずっとあそこにいたまんま。だからありがとう」

「そうか」

頷《うなず》き、微笑みあう俺とアウルム。

帰宅してまずは一息つこうと、俺はサロンに向かって歩き出した。

アウルムはミーケを抱きかかえて、俺のうしろについてくる。

「うーん」

「なんだ？」

「リョータ、なんか元気ない？」

「ああ、ちょっとダンジョン攻略が上手くいかなくてな」

俺はフォスフォラスの事を簡単に説明した。

「そっかあ……」

「どうにかなるって思ったけど、増長してたのかもな」

「そんな事ない」

「え？」

アウルムが足を止めた。

俺も立ち止まって彼女を振り向いた。

立ち止まってまっすぐ俺を見つめてくるアウルム。

口調は静かでそれ程強くないが、はっきりとした意思を感じる。

「リョータだったら出来る」

「そうか？」

「うん、というかリョータじゃないとだめ。あたしが保証する」

にこり、とアウルムは微笑む。

「このあたしがね」

世界にある１１８のダンジョン、その一つを統《す》べるアウルム。

ものが全てダンジョンからドロップするこの世界で、アウルムの様な精霊は神にも等しい――いや神そのものと言っていい存在。

そのアウルムが俺を認めてると言った。

「そうか、ありがとう」

「それはあたしの台詞だってば」

アウルムは笑って、再び歩き出して、俺の横に並んできた。

「あっ、ヨーダさんがいたです」

「どうしたエミリー」

「お客さんなのです」

廊下の向こうから、エミリーがパタパタと走ってきた。

「客？」

「レベッカさんが来てるのです」

「何でまた……」

レベッカ・ネオン。別名「ザ・パーフェクト」。

あらゆる能力がすべてＡで、その上ダンジョン生まれということもあり、１１８の一つのネオンダンジョンを完全攻略し、精霊から「ネオン」を名乗る許可をもらった精霊付きの一人だ。

「……ああ、そうか」

俺は思い出して、アウルムとミーケを見た。

「どゆこと？」

「前に来た時の会話を思い出した。彼女は俺に『アウルムの人、ですわね』って聞いた。で、今のアウルムはミーケだろ？」

「はい、私です」

「新しい精霊付きに会いにきたのかもな」

「はいです。それとヨーダさんにも言いたいことがあるって言ってたです」

「文句かな。この手の人は『私に許可無く替わるってどういうこと？』って言ってきそうだ」

「会わない方がいいかな」

アウルムが少し首を傾げて、聞いてきた。

「そうだな……どうするか……」

「あたし、代わりに会っとく？」

「うお！　帰ってたのかアリス」

背後から声を掛けてきたアリスに苦笑いしながら聞いた。

「うん、今帰った。レベッカ・ネオンでしょ。あたしちょっと興味あるんだ」

「興味？」

「同じダンジョン生まれだから」

「ああ、なるほ……ど？」

同じダンジョン生まれ？

「あれ？　どうしたのリョータ」

「固まってしまったです」

「……アリス！」

「はひっ！」

俺はアリスの肩を摑《つか》んで、至近距離から彼女の目を見つめた。

「ど、どうしたのリョータ」

「アリスって、１００％ドロップだよな」

「そうだけど……」

「でもモンスター達のドロップはＣ相当だったな？」

「うん、あたしがタイミングを――ひゃん！」

「来てくれ！」

俺はアリスの手を摑んで、来た道を引き返した。

「ヨーダさん？」

「どこ行くのリョータ」

「悪い、ちょっと試したいことがある。レベッカは任せる」

そう言って、アリスを引っ張ってズンズンと廊下を進む。

「どうしたのあれ」

「分からないです……でも、生き生きしてたです」

「――だね」

☆

フォスフォラス、最下層地下二十階。

扉をぶち破るのに時間が掛かるということもあって、ここはほかの階層に比べて人が少ない。

俺はアリスを連れて、空いてるドアの前に立った。

「どうだ？」

「タイミングってこと？」

「ああ、すごくレアなタイミングを感じるか？」

「あるね」

「早っ！　そんなに早く分かるもんなのか？」

「あたしもいろんなダンジョン行ってるからね」

アリスはにやり、とイタズラっぽい笑みを浮かべる。

「いろんなパターンを知ってるのさ。ここは……面倒臭いやつだね」

「というと？」

「タイミングが常にあるけど、超短いんだよね。一秒を――うーん、一万分の一くらいのタイミング？」

「そりゃ出ないわけだ」

常に一万分の一くらいの確率じゃな。

「それにそのタイミングじゃ――教えてもらって俺が倒すわけにもいかないな」

「んー、大丈夫だと思うよ？」

「え？」

「見てて」

アリスがそう言うと、一歩前に出て、扉と向き合った。

何をするのか分からないが、任せてみよう。

「りょーちん！」

アリスは切り札の召喚魔法を使った。

りょーちん、デフォルメされた俺だ。

能力は全部俺と同じ、ただし一日に一回、そして六十秒間しか呼べないという、正真正銘の切り札。

「いくよ、りょーちん」

りょーちんが頷き、銃を抜いて扉を攻撃しはじめた。

俺がやったのと同じように、二丁拳銃での貫通弾連射だ。

それを無造作にやっている。

なるほどまずは削って、トドメのタイミングを計るのか——。

「出た」

「うぇ!?」

思わず変な声が出た。

扉が普通に貫通され、普通になくなって——普通に下に続く階段が出た。

「え？　こんなにあっさり？」

「りょーちんとあたしは繋《つな》がってるからね、タイミングを普通に合わせたらこうなるのさ」

「すごいな……」

「何言ってんの？」

アリスが呆《あき》れた様に言う。

「すごいのはリョータ。あたし、ほかの子出さなかったじゃん？」

「ああ、そういえば」

「リョータだけでやらないと無理だったんだよこれ。みんなを出すよりリョータ――りょーちんだけでやった方が成功率高かったんだから」

そういうものなのか。

「さて、これが階段だね」

アリスは改めて、という感じで階段に向き直る。

俺も階段に向き、それを見る。

フォスフォラスの部屋に続く階段、ようやく出てきてくれたぞ。

247. フォスフォラス＝メラメラ

フォスフォラスへ続く階段。

「……ごくり」

思わず生唾を飲んだ。

空気があきらかに違っていた。

肌にビリビリと突き刺さるような、緊迫した空気。

「こ、ここの精霊って怖い人なのかな」

それをアリスも感じたようで、表情がはっきりと強ばっていた。

「いや、精霊に辿《たど》り着く前にもう一つ関門を突破しなきゃならない」

「そうなの!?」

「今まで通りならそうだ。ここを降りたらだだっ広い部屋でモンスターと戦う。ダンジョンマスター級のモンスターだ」

「そうなんだ……」

それを知っている事に尊敬の様な目を向けてきたが、それも一瞬だけの事。

アリスは憂いを含んだ目で階段を見つめた。

「どうした、何を悩んでる」

「あのねリョータ、あたし……やりたい」

「何を？」

「そのモンスターを倒すの。倒したら精霊と会えるんだよね？」

「それはそうだが……」

俺が倒してあとから連れていくことも出来る、セレンやアルセニックのように。

と思ったが、それは言わなかった。

アリスの目がものすごく真剣だったからだ。

やりたい、どうしてもやりたい。

理由があって自分の手でやり遂げたい。

そんな強い意志が瞳にはっきりと表れていた。

「分かった」

理由は分からないが、アリスがそうしたいのならいやとは言えない。

「それじゃサポートだけでも。『オールマイト』のりょーちんはもう使ってしまったから、代わりに俺が『クイックシルバー』でステータスの底上げ。アリスとモンスター達で6人分。それから加速弾を突入前に——」

「リョータ」

「え？」

アリスがまっすぐ俺を見つめてくる。

さっきと同じ——いやさっき以上に強く決意した目で俺を見つめてきた。

「あたし、頑張る」

「…………」

「頑張る」

「……そうか」

何でなのかは、まったく分からない。

だけどアリスがものすごい強い意志で訴えかけてきてるのが分かった。

危険なことは承知の上でやりたいと主張してる、ただのわがままでは決してない。

ならば。

「分かった」

俺は関与することを取りやめて、全てをアリスに任せる事にした。

「ありがとう♪」

アリスはニコニコ顔と、嬉《うれ》しさを露《あらわ》にする声で言った。

そして、肩に乗っかってる仲間のモンスター達を一人ずつ手のひらにのせてから、そっと送り出すようにして、元の姿に戻す。

スライムのプルプル。

スケルトンのホネホネ。

小悪魔のボンボン。

ニードルリザードのトゲトゲ。

マスタードラゴンのガウガウ。

主のアリスの意気込みが伝わってるのか、その理由を知ってるのか。

デフォルメされて、愛らしいシルエットはいつになく真剣みがまして、ただ事じゃないオーラを出していた。

「行こう、みんな」

アリスはそう言って、モンスター達と共に階段を下りていった。

彼女が降りた後、階段は何事もなかったかのように消えてなくなった。

俺はそこで待った。

多分――。

「ここにいましたの」

「……レベッカ」

後ろから声を掛けられて、振り向くとレベッカがいた。

そういえば屋敷に来てたんだっけ。

「あなたの仲間から聞きましたわ、ここにいらっしゃると」

「そうか、すまなかった」

「気にしていませんわ。ここで何をなさってるんですの？」

「仲間の帰りを待ってる」

「帰り？　――まさか」

さすがレベッカ・ネオン、精霊の名前を名乗ることを許された「ザ・パーフェクト」。

一瞬で俺が言わんとすることを理解したみたいだ。

「ああ、会いに行ってる、ここの精霊、フォスフォラスに」

「そうですの……それは気が気ではないのでしょうね」

「……いや、そうでもない」

「あら、意外と冷たい方ですのね。あなたも一度は精霊付きになった身。そこにいたるまでのハードルをご存じのはずではなくて？」

一度は。

レベッカの台詞《せりふ》の中で、そこだけほかとちょっとだけ「重さ」が違っていた。

あえて聞かなくても分かる。

彼女が今日訪ねてきたのは、アウルムが俺からミーケに――別の人間に移った件を聞きに来たんだろう。

一度は、の言い方にそれが出ている。

それとは別に、彼女も精霊に会うまでの大変さをよく知っている。

だからこそ疑問に感じている。

「冷たいわけじゃない」

「では、なんですの？」

思考が一周した。

レベッカが現われる直前に思いかけてた所に戻ってきた。

「多分、いや間違いなく。アリスが戻ってくる。フォスフォラスを攻略して」

「それはつまり……」

一呼吸の間、レベッカはジト目で俺を見た。

「信頼、してらっしゃるのですね」

「改めて言われると恥ずかしいけど」

そういうことかな。

「その振る舞い、大物感がヒシヒシ伝わってきますが、果たしてそう上手くいくのかしら」

「いくさ」

即答で答えた。

大物感とかそういうんじゃない。

俺はただ信じてるだけ。

アリスのことを信じてる。

そして――。

「リョータ！　見て見て！　メラメラだよ、メラメラ！」

ハイテンションで戻ってきたアリスの手のひらに青く燃えてる、デフォルメされた火の玉がのせられていた。

「そいつがフォスフォラスか」

「うん！　あっ、でも今日からメラメラだよ」

「そうか」

ダンジョンの精霊にもかかわらず、アリスのネーミングセンスでつけられた名前。

それを予想してた俺はふっと笑う。

「…………」

アリスの事をそこまでよく知らないレベッカは、あまりの事に絶句していたのだった。

248. お金なんていらない（side アリス）

アリス・ワンダーランドは階段をゆっくり下りていった。

ふと立ち止まって背後を振り向く。

ゆっくり閉じていく入り口、消えていく亮《りょう》太《た》の姿。

その亮太の姿が、彼女の決意を更に固める。

「うん、頑張る！　リョータのためにちゃんと精霊付きにならなきゃ」

拳を握り自分に気合を入れてから、改めて階段を下りていく。

下りていった先は何もない、真っ白な空間だった。

「――――」

彼女の肩に乗っている仲間のモンスター達がざわつく。特にスケルトンのホネホネがギュッ、としがみついてきた。

彼女の仲間になったモンスター達は様々な性格をしていて、スケルトンのホネホネは一番臆病で、甘えん坊だ。

「大丈夫、あたしが一緒にいるからね」

アリスはホネホネを撫《な》でつつ、周りを見た。

「不思議な所だね、狭いのか広いのかも分からない……これ、長くいたら目がおかしくなっちゃう」

何処までも広がっているようであり、手を伸ばせば見えない壁に届きそうでもある。
そんな不思議な空間に、いきなりモンスターが現われた。
モンスターは人型で、人間の倍くらいはあるサイズだ。
人型ではあるが、皮膚はなく、鱗《うろこ》でもない。
全身が宝石や金銀といった、財宝で固められて出来ている。
「すごいね――うわっ！」
アリスは慌てて真横に跳んだ。
モンスターが手を上げると、その手が爆発したかのように飛んできた。
黄金、白銀、真珠にダイヤモンド。
値打ちのものがショットガンの如く飛んできた。
真横に跳んだが、宝石の一つを躱《かわ》しきれず、額をしたたかにぶつけてしまった。
「いたたた……」
アリスは当てられた額を手で押さえた。
生ぬるいものが手のひらを伝って流れ落ちた。
「みんな、お願い！」
傷口から血が流れるのを手で押さえながら、仲間のモンスター達に声をかける。
スライムのプルプル。
スケルトンのホネホネ。
小悪魔のボンボン。

ニードルリザードのトゲトゲ。

マスタードラゴンのガウガウ。

モンスター達が一斉に飛び出す。

さっきまで怯《おび》えていたホネホネまでもが、勇んで敵モンスターに襲いかかった。

アリスは距離を取って、敵を観察する。

五対一の戦いは熾烈《しれつ》を極める。

敵は宝石を飛ばすだけではない、一万ピロの札束を使った近接殴りもしてくる。

どこぞの成金かと突っ込みたくなるような攻撃だが、威力は絶大。

一瞬のうちに前衛を務めるホネホネとトゲトゲが粉々に砕かれ、人形サイズになってアリスの肩に戻ってきた。

「大丈夫⁉」

ホネホネとトゲトゲは頷《うなず》くと、再びモンスターの姿になって、戦闘に復帰していった。

精霊に続く道を守るモンスターだけあって、それがかなり強かった。

アリスの仲間のうち、マスタードラゴンのガウガウをのぞくほかの四体はやられると復帰するのを繰り返していた。

一方、敵は倒れる気配はなかった。

五体の猛攻を受けて、その都度体の金銀財宝をまき散らしながらも、次の瞬間には何事もなかったかのように修復していた。

「どうしよう……」

アリスは困り果てた。

これが亮太なら、「無機生命体で自己修復、どこかにコアがあるパターンだ」と推測がついただろうが、アリスにはそんな発想が出来る程の経験と知識は無い。

それが出来ない彼女は困り果てた。

が、彼女にしか出来ないこともある。

「なんか……ある？」

敵のモンスターが攻撃する度、または再生する度に。

人間で言うヘソのあたりに「何かある」とアリスは感じた。

何かが光ったというわけではない、魔力か生命力が高まったとかでもない。

でも、何かあるとアリスは感じる。

ダンジョン生まれの彼女は、いつも感じているのと同じように、相手のヘソのあたりに「なんとなく何かがある」と感じた。

「……よし」

考えてもらちがあかない、彼女は動くことにした。

懐からパチンコを取り出し、それを使って丸い玉を敵モンスターに飛ばした。

それは相手のヘソに当たり、ぴちゃっ、と音を立てて赤い汁が広がった。

物自体はただのペイント弾で、殺傷力とか魔法的な効果とかは一切無い。ただのペイント弾だ。

しかしそれを見た彼女の仲間のモンスター達が、脇目も振らずに、ペイントされたところに攻撃を集中した。

彼女とホネホネ達の取り決めだ。それで印をつけた時、ほかは全て無視してつけたところに集中攻撃をする。

ホネホネの骨こん棒、プルプルの体当たり、ボンボンの魔力弾、トゲトゲのトゲ飛ばしに、ガウガウの噛《か》みつき。

全部の攻撃が、ペイントされた場所に集中した。

パリーン！

乾いた音がして、敵の動きが止まった。

数瞬ぴく、ぴくとけいれんしたが、金銀財宝で出来た体はやがてばらばらになって崩れ落ち、地面に高価な財宝が散乱した。

「やったー！　みんなありがとう」

激戦の末の勝利、仲間の五体は一斉にアリスに飛びつき、スキンシップをして彼女にじゃれついた。

それを一体ずつ撫でて、ねぎらっていると、何もなかった空間から下に続く階段が現われた。

ごくり、とアリスは生唾を飲んだ。

「この下に……精霊が……」

ぶるっ、と震えた。

漏れ出してきた空気のせいか、それとも期待と不安か。

あるいは両方か。

アリスは緊張で強《こわ》ばってしまった。

「――――」

そんなアリスに、ホネホネがしがみついてきた。

白骨のモンスターでむしろホラーの世界の住人なのに、恐がりなホネホネ。

そんなホネホネはさっきと同じように――いやさっき以上に怯えた感じでアリスにしがみついてきた。

「……大丈夫、あたしがついてるから」

自分以上に怯えるものを見ると逆に落ち着いてくるものだ。

アリスはホネホネをなだめつつ、すこしだけリラックスして、階段を下りた。

降りた先にモンスター？　がいた。

地面に一万ピロの札束を、まるでベッドのように積み上げている。

その札束のベッドの中心で、お札を燃やして出来ているような炎のモンスターがいた。

お札を燃やしてる炎が照らし出すこの部屋は、不思議と上の真っ白な空間よりも明るく感じられた。

「なんでい、何百年ぶりに人間が来たと思ったらこんな小娘かい」

炎はぶっきらぼうな口調で口を開いた。

「あの……フォスフォラスさんですか？　ここの精霊の」

アリスは敬語になって、炎にたずねた。

「そのとおり、オイラがこのダンジョンの主。フォスフォラスだ」

「よかった……なんとか会えた」

「なんでい、偶然じゃなくてオイラに会うために来たのかい」

「はい！　お願いがあって来ました」

「ふーん」

フォスフォラスは目を細めて――といっても目は無いが、そんな感じでアリスを見た。

しばらくして、つまらなそうに。

「まっ、ここまで来られたんだ。ご褒美くらいやるよ」

「本当ですか！　ありがとうございます」

「で、どれくらい――」

「あたしの仲間になってください！」

「――は？」

意表をつかれたかのように、フォスフォラスの言いかけた言葉が飛んでしまった。

「今なんつった」

「仲間になってください！　あっ――」

アリスは慌てて、戦闘が終わって肩に戻ってきた五体のモンスターを再びモンスターサイズに召喚した。

「こんな感じで、仲間になってください！」

「なんだって？」

「あの……むり、ですか？」

「いや。それダンジョン生まれの特技だろ。おめえがオイラを一発ぶん殴れば出来るけど……いいのかそれで」

「はい！」

「金はいらんのか」

「はい！　そんなのいりません！」

即答するアリス、その即答っぷりにフォスフォラスがあっけにとられた。

「…………」

「あの……やっぱりダメですか？」

「……いや、驚いてるだけだ。おめえのような人間は初めてだ」

「え？」

「ここに来る人間、いやオイラのダンジョンに入ってくるヤツはどいつもこいつも金目当てでな、おめえのようなのは初めてだ」

フォスフォラスは笑った——ように見える炎の揺らめき——で、最後に念押しするように聞いた。

「本当に金はいらねえんだな？　その姿になると、おめえが死ぬまでオイラは金とか出せなくなるぞ」

「はい！」

迷いなく答えるアリス。

フォスフォラスは大笑いした。とても愉快そうに、部屋が震える程の声で笑った。

それが収まった後。

「よし、オイラを一発ぶん殴れ」

「はい！」

アリスは躊躇《ちゅうちょ》なく向かっていき、フォスフォラスを殴った。

ほかの子の時と同じように、彼女が自分で倒す、って感じで殴った。

札束の上で燃えている炎を殴っても熱くはなかった。

そのかわり炎は一度しぼみ、形を変えて、アリスの手のひらの上に現われた。

炎という意味では同じだったが、アリスのほかの仲間モンスター達と同じように、コミカルな目が炎のまん中につくようになった。

こうして、アリスの仲間としてフォスフォラスのメラメラが加わり。

精霊を仲間にした彼女は、念願の精霊付きとなったのだった。

249. 亮太《りょうた》＞アリス＞レベッカ

フォスフォラスの外、少し離れた所の物陰。

隠れて見える出口から出てくる冒険者達は、ほとんどが不満だらけの顔をしていた。

「急にドロップしなくなったぞ、どうなってるんだ一体」

「明日また来ようぜ」

「とりあえずこの金《かね》で一杯だ」

金がドロップしなくなったフォスフォラス、そこから冒険者達が続々と撤退してるみたいだ。

フォスフォラスがドロップしなくなった理由、それはもちろん——。

「大成功だな」

「うん。メラメラがここにいるからね。アウルムちゃんと同じ」

俺の横にいるアリスが、新たなに仲間に加わったメラメラ——精霊フォスフォラスを肩に乗せて、笑顔で言い切った。

「同じって事は？　今からでも戻ったらドロップが復活するのか？」

「どうだろう……どうかな」

「…………」

「するって」

無言だが、メラメラの炎が一瞬大きくなった反応を見せた。

今までの仲間モンスター同様、言葉は発しないが、アリスと意思の疎通は出来るようだ。

「え？　あっ、そうじゃないよ。むしろ戻らなくていい――でいいんだよねリョータ」

「そうだな、その方がいい」

「そういうことだから。あっ、でも、ほかのダンジョンへは一緒に行こうね。みんなで♪」

アリスが言うと、同じように肩に乗ってるほかの仲間モンスター――ホネホネからガウガウまでわいわいと盛り上がった。

デフォルメされた姿なだけあって、わいわい盛り上がってるその姿もコミカルで可愛らしい。

「そだ！　ねえメラメラこっち来て、それとホネホネも」

何かを思いついたアリス、彼女は手のひらを差し出して、そこを示した。

ホネホネはまったく躊躇《ちゅうちょ》することなく手のひらの上に乗った。

まだアリスに慣れてないメラメラはすこし迷ってから、同じように手のひらの上に乗った。

スケルトンのホネホネはアリスの手のひらの上に立ってる。

一方のメラメラは宙に浮かんでる。

骨と炎、一緒に並んでると、まるでガイコツに人魂《ひとだま》って感じだ。

「似合うなそれ」

「だよね！　二人ともすっごく可愛いよね！」

「可愛いとは言ってない、が、まあ似合う。多分ベストパートナーじゃないか？」

「あたしもそう思う」

満面の笑みを浮かべるアリス。

それを受けて、ホネホネは器用にガイコツの目の所を笑みの形にして、カタカタと喜んだ。

一方のメラメラはゆらゆらと揺れて炎の色が明滅したが……まんざらでもなさそうに見える。

新入りのメラメラを中心に、アリス一派は楽しそうに盛り上がった。

楽しくてずっと見ていたかったが。

「アリス、セルに報告してこいよ」

「えっ、あたしが？」

「メラメラが解決の証拠だから、セルに直に見せた方が話が早いだろ」

「そだね！　うん、じゃあ行ってくる」

頷《うなず》くアリス。直後にマスタードラゴンのガウガウがモンスターサイズに戻って、アリスとほかの仲間を乗せて文字通り飛んでいった。

「呆《あき》れましたわ」

背後から声が聞こえてきた。

レベッカ・ネオン。

俺を訪ねてきて、ダンジョンまで追いかけてきた彼女は、アリスがメラメラを連れてきてからはずっと黙って、距離を取って見守っていたが、アリスがいなくなったところで話しかけてきた。

そんな彼女に振り向いて、聞き返す。

「何が？」

「話は聞きましたわ、フォスフォラスの異常滞在、その解決なのでしょう？」

「ああ」

「あれでは功績が彼女のものになってしまいますわ」

「しまいますも何も……」

俺はもう一度振り向き、空へと豆粒大に消えていったアリス達の姿をちらっと見る。

「解決したのはアリスだ、俺は何もしてない。功績があるとすれば１００％彼女のものだ」

「本当によろしいんですの？」

「ああ」

俺は即答した。

迷いは少しも無かった。

レベッカはじっと俺を見つめた後。

「……ふん」

と、不機嫌そうな顔で鼻を鳴らして、立ち去ってしまった。

そういえば来た理由も聞いてなかったけど……いいのか？

☆

シクロダンジョン協会、会長室。

アリスは珍しく亮太の同席なしでセルと対面し、フォスフォラスのメラメラを見せた。

それを見たセルはしっかりと頷いて。

「さすがサトウ様の仲間、精霊をも味方にしてしまうとは」

「味方じゃないよ、仲間だよ。ねっ、メラメラ」

メラメラは緩やかにその炎を明滅させた。

同意とも否定ともつかない、曖昧な返事。

彼は未だにアリスに困惑している。

記憶にある限り、フォスフォラス――自分のダンジョンに入ってきた人間の中で初めて「お金」を求めない相手だからだ。

「さすがだ」

「これであたしも、あの人と同ランクになったかな」

「レベッカ・ネオンの事か」

「分かるの？」

「それとなくな」

「そか……どう思うかな」

アリスは期待を込めた視線でセルに答えを求めた。

舐《な》められないようになりたい。

亮太の仲間として、ファミリーの一員として舐められないようになりたい。

そのために、同じような出自であるレベッカと同じ精霊付きを目指した。

その結果が出た今、外部の人間であるセルからどう見えるのか知りたかった。

「ふっ、同ランクではないな」

「え？　まだダメなの？　そんなにすごい人なのか、レベッカさん」

「いや、むしろ逆だ」

「ふぇ？」

どういうことだ？　とキョトン顔でセルを見つめる。

「お前は既に向こうを超えている。故に同ランクなどではない」

「……えええ!?　うそ？」

「無論だ、功績もろともダンジョンを一人占めするような女だ。しかもそれで勝手に嫉妬して不機嫌になる……ふっ」

セルはニヒルに口角を歪《ゆが》めた。

佐藤《さとう》亮太最大の信者である彼は、亮太の周りで起きた出来事をほとんど把握している。

レベッカが一方的に劣等感を覚えて、不機嫌になって去っていったついさっきの出来事も、当然の如く把握していた。

「お前は、レベッカ・ネオンよりも遥《はる》かに格上の人間になった。余が保証しよう」

「やった！」

喜ぶアリス、メラメラをのぞいたほかの仲間モンスター達も大いに喜んだ。

「今後も何かあったらいつでも頼ってくるがよい。セル・ステムの名にかけて出来る限りの手助けをしよう」

と話すセルも、事件解決した協会長の立場だけでなく、心から嬉《うれ》しそうにした。

セルは完全なる亮太の信者だ。

精霊付きさえも従える程の男。

そういう意味では、セルはアリスの精霊付きを心から歓迎した。
おそらくは、本人以上に、そのことを歓迎していた。

250．場所取り再び、今度こそ……

モンスターの村、リョータ。

その外れに、ダンジョン・フォスフォラスがあった。

舞い散る桜吹雪の中、ぽつんと浮かんでいるボーナスダンジョン。

その入り口の所を村の住人であるユニークモンスターが二体護衛している。

俺、セル、そして実質の村長であるクレイマンが並ぶ様に立って、それに目を向けていた。

「ということで、これの管理はみんなに任せるから」

「任せてください、リョータ様のためなら、村のみんなは、たとえ火の中水の中です」

「そこまで気負わなくても大丈夫だ。……これでいいか？」

クレイマンに微苦笑で突っ込みつつ、反対側にいるセルに聞く。

「文句のつけようがない。主がいなくなり、ドロップしなくなったダンジョン。それをダンジョンに立ち入る事の出来ないモンスターの村に預けて管理する。さすがはサトウ様、完璧な案だ」

「あのままシクロに置いてもいいんだけど、それだけじゃちょこちょこ運試しに入っていく冒険者も出てしまうだろうからな」

「うむ、このダンジョンはこの形が一番いい」

セルはそう言い、クレイマンの方を向いた。

「余と、サトウ様以外の者は誰であろうと立ち入らせないようにしてくれ」

「任せてください」

「月ごとに管理費を支払おう」

「え？　いやそんな……」

戸惑うクレイマンに、俺はすかさず説得に入った。

「もらっとけ、護衛はちゃんとした仕事だ。それにセルの立場もある。フォスフォラスの管理ともなればちゃんとしとかなきゃならないだろう」

「はあ……」

クレイマンは困惑した顔のままセルを見る。

セルは静かに頷《うなず》いた。

「……分かりました、頂きます。後でちゃんとリョータ様にも上納分を渡しますので」

俺は無言で頷き、しかし更に苦笑いした。

それこそ気にしなくていいことなんだが、それを言ってもクレイマン達は言うことを聞かないだろう。

ボドレー・リョータで村のみんながユニークモンスター化して以降、モンスター達はますます俺を尊敬するようになった。

もはや突き抜けて、「崇める」レベルまで行ってる気がする。

「ところでセルさん、一つ相談があるのです……こちらへ」

「ふむ？　どうしたのかな」

クレイマンはセルを連れて、少し離れた場所へ移動した。

「……というわけで……を……したいとみんなが」

「なるほど……ならば……喜んで……」

距離が微妙に離れていて断片的にしか聞こえないが、クレイマンの提案にセルが乗り気になってる、って感じだ。

なんの話なのかは分からないが、セルというバックがつくようになればこの村は安泰だ。

なんの話だろうと、まとまるのは歓迎すべき事——。

ゴトッ！

セルの袖から俺のミニチュア銅像が地面に落ちた。

……待て。

お前ら……なんの相談をしてる。

☆

シクロに戻ってきた。

ぐるっと一周、散歩気分で街を歩いた。

フォスフォラスの一件で目に見えて物が減ったシクロの街も、ボーナスステージが消えた事で冒険者達がダンジョンに戻っていき、徐々にいつも通りになっていった。

「あっ、リョータだ」

「マジ？」

「本当だー」

いきなり名前を呼ばれて、子ども達が群がってきた。

全員が小学生くらいの男の子、元気でわんぱくな少年が一斉に向かってきた。

半ばもみくちゃにされて、「本物だぜ」とか、「なんでそんなに強いの」とか。

少年がプロ野球選手を見かけたようなノリと熱意で囲まれた。

戸惑いながらも、純粋な好意を向けてくる少年達の相手をした。

サインとかも求められて、仕方なくそれっぽいのを書いてあげた。

「あれ、何してんのリョータ」

「今度は誰――ってアリスか」

やってきたのは仲間モンスター全員――新加入のメラメラも加えた全員を肩に乗せたアリスだった。

彼女はもみくちゃにされてる俺を見て、不思議そうな表情をしていた。

「これは――」

「すげえ！　アリスだぜ！」

「アリスって、あの新しい精霊付きか」

「マジかよ⁉　どれだ？　どれが精霊なんだ？」

少年達は一斉にアリスの方に向かっていった。

俺にしたのと同じように、始球式のアイドルにするかのように群がっていく。

「おー、アリスも有名人だ」

危機（？）が去った俺は、やけに冷静な目でアリスと少年達を眺めた。

実際に囲まれた経験もあって、大丈夫だろうと思ったからだ。

アリスも質問・握手・サインの三所攻《みところぜ》めにあった。

一通りそれをやった後、少年達は満足した様子で去っていった。

「ふう……」

「お疲れ、大丈夫だったか」

「あっ、リョータ。うん大丈夫だよ。でもびっくりしたよ。リョータも、あれやられてたんでしょ？」

「まあな」

苦笑いを浮かべつつ、肩をすくめる。

「そっか……うふふ」

「どうした、なんか嬉《うれ》しそうだな」

「だって、ねえ」

「いやいや、何がだってねえなんだ」

よく分からないぞ。

よく分からなかったが、アリスは嬉しそうだった。

だからいいか、って思った。

ふと、風が吹いた。

春の暖かい風。終盤にさしかかった桜吹雪がますます勢いづいた。

「綺麗《きれい》だね、サクラ」

「ああ、そろそろ終わりだけど……今が一番綺麗かもな」

「……ねえリョータ、もう一回花見しよ」

「え？　花見はもうした――」

「しようよ、あたし場所取りするから。今回はちゃんと場所取り出来るから」

「前回もちゃんとしてたように見えたけど――」

「ねっ！」

キラキラした瞳で俺を見つめてくるアリス。

ふと、肩に乗っかってるメラメラが目に入った。

「そうだな、メラメラの歓迎会がてら、もう一回やるか！」

「やった！　じゃあ場所取り行ってくるね！」

アリスはものすごく上機嫌で、風の如く駆け出していった。

「よーし、頑張ろうねメラメラ！」

桜吹雪の中、遠ざかっていくアリスの背中と喜びの声。

なんで頑張るのか分からないけど、嬉しそうなアリスとメラメラを見て、何となくこれでいっか、と思ったのだった。

251．百万人

朝ご飯の後、屋敷のサロン。

珍客が訪ねてきたので、仕事に出かけるのを少し遅くした。

そうして向き合うのはネプチューンファミリー。

ネプチューンと、いつも一緒にいるランとリルの三人組だ。

ネプチューンがソファーのまん中に座り、ランとリルがそれぞれ両横にいてぴったりくっついている。

「いつ見ても両手に花だな、あんた」

「キミの方がよっぽどだと思うけどね。今何人いるのかな、この屋敷だけでも」

「隅々まで把握してるぞって言い方だな」

「それはもちろん。キミほどの重要人物、その動向を把握しておくのは大事な事だからね」

「はあ……」

「とは言えフィリンの協会長はまだ幼すぎるから花にするのは――」

「それ以上言うと名誉毀損で訴えて勝つぞ！」

被せ気味で突っ込んだが、ネプチューンは悪いとは思っていない、いつもの顔でフレンドリーに笑った。

「こわいこわい。キミを怒らすと大変だからこの辺にしておくよ」

「いや別にそんなことじゃ怒らないけど」

「知ってる」

「むぅ」

ネプチューンはニコニコ顔のまま、しかし真剣な目つきで俺を見つめた。

「そういうキミが好きなのさ」

「そっち方向に話を持ってくと本気で怒るぞ」

「大丈夫大丈夫、そっちじゃないから。むしろ盃《さかずき》どう？　って感じの好きだから」

「それもわりと勘弁してくれ」

リョータファミリーと言われるのは慣れてきたが、盃とかの話になるといよいよヤクザとかマフィアそのものになるからちょっと抵抗感がある。

ネプチューンが何処まで本気なのか分からないが、とりあえず話をそらすことにした。

「で、何しに来たんだ」

「うーん、本当はキミじゃなくてほかのみんなに挨拶だけど……まあキミでもいいかな」

「ほかのみんな？」

「えっと……なんだっけ」

ネプチューンは両手の花――くっついている二人の女の子に水を向けた。

元気印でご近所の幼なじみって感じのラン、年上のお姉さんで妖艶な空気を出しているリル。

二人のうち、リルが呆《あき》れた表情をしつつ、質問に答えた。

「エミリー、アリス、レイア、ミーケ。この四人よ」

「そうそう、その四人」

「……精霊か？」

今までネプチューンと絡みのなかった四人の名前。

そもそもレイアとミーケは最近仲間になったばかりで、ネプチューンと会ったことさえあるかどうかだ。

ネプチューンと絡みはないが、四人の共通点ははっきりしている。

精霊の名前を名乗る事を許された、精霊付きだ。

「そういうこと。ファミリーに複数の精霊付きを持つ者同士、顔合わせとか色々やっておこうって思ってさ」

「そっちも精霊付きが複数いるのか」

初耳だが、驚きはしなかった。

この世界に転移してきた直後に色々話を聞いてきたネプチューンファミリー。

そのネプチューンとも手合わせをした事がある。

文句なしの実力者、業績も申し分ない。

精霊付きがいる、しかも複数いる。

そう言われても驚きはしなかった。

「どうも、ネプチューン・オキシジンです」

「オキシジンか」

「ラン・ハイドロジェンだよ」

「リル・ハイドロジェン。ちゃんと敬いなさい」

「ほ？」

ネプチューンのは驚かなかったが、直後に名乗った二人のはびっくりした。

ハイドロジェンは知ってる。この世界のダンジョンの名前からして、いつかは耳にすると思っていた名前だ。

驚いたのは、二人が同じそれを名乗っていること。

「びっくりだよね。でも二人じゃないと認めないって精霊が言うもんだからさ」

「なるほど」

「しかし……オキシジンにハイドロジェンか」

「どうかした？」

ネプチューンは小首を傾げる。

そんなネプチューン、そして両横にいるランとリル。

三人を見て、俺はぼそっと。

「……H_2O」

とつぶやいた。

「はい？」

「いやなんでもない」

「そう？　まいっか。そんなわけだから顔合わせに来たんだけど、キミを見たらどうでもいいかなって思ってね」

「なんでだ？」

「精霊付きは場合によっては大勢の人間の生活に大きく影響する存在なんだ。分かるだろ」

「……そうだな」

実際、レベッカがそうだ。

俺も近いことをしている。

レベッカ・ネオンはネオンダンジョンを完全にひとりじめしてる。

アウルム本人のためだが、俺もアウルムダンジョンの夜間をゼロドロップにした。

そういうことが出来るのが精霊付き。ネプチューンの言うとおり、一人で大勢の人間の生活を左右出来る存在だ。

「正式な役職とかはないけど、ダンジョン協会の協会長よりも遥《はる》かに立場が上だね」

「そうなるな」

「その精霊付きが四人もいるところはどうなのかなって思ったけど、よく考えたらキミだよね、このリーダーは。それならまあ大丈夫かなって」

「買いかぶるな」

「こう見えてキミのことが大好き——いひゃいいひゃい」

ネプチューンがランとリル、両方からほっぺをつねられた。

急にヤキモチ入ったな。

二人につねられたネプチューンは頬をさすりながら、何事もなかったかのように続けた。

「でも、本当にキミはすごいね」

「うん?」

「最初に会った時はそこそこの冒険者だったのに、今や四人の精霊付きを従えてる。そうだね……」

ネプチューンは真顔になった。

今日、見た顔の中で一番真剣な表情で。

「……百万人に影響を与える程の大きな存在になったんだからね」

252. 召喚された理由

「メラメラも肩に乗って。それじゃ行ってきまーす」

朝、食堂で朝ご飯をかっこんだ後、アリスはメラメラを含む仲間のモンスター達とダンジョンに出かけていった。

ほかの仲間達も既にダンジョン――仕事に出かけていて、食堂に残ってるのは俺とレイア、そしてミーケ・アウルムコンビの四人だ。

「今朝も一段と元気だなアリス」

「彼にいろんなダンジョンを見せるって張り切ってるみたい」

答えたのはアウルム。

彼――メラメラことフォスフォラスと同じ、ダンジョンの精霊の一人だ。

「そうなのか」

「うん。それを彼も楽しんでるみたい」

「それは何より。……アウルムはいいのか？　ミーケと一緒ならあっちこっち行けるよな」

「任せてください！」

ファミリーの一人、ミニ賢者のユニークモンスター、ミーケが小さくガッツポーズをして、意気込んで言った。

「興味なーい」

アウルムはあっけらかんと言った。

「そうなのか」

「だってダンジョンなんてどこもそうじゃん。あたしたちがモンスターを産み出して、人間がそれを倒して何かゲットする」

「なるほど、確かに何処のダンジョンもそうだろうな」

この世界の第一次産業は全部ダンジョンからなる。

黄金からもやしに至るまでの全てのものがダンジョンからドロップされている以上、ダンジョンは何処まで行っても「生産の現場」でしかない。

そこまで要約する考え方なら本当に興味なさそうだ。

「ダンジョンの外ならもっと見たいんだけどさ」

「せっかくミーケがいることだし……たまに休暇つくるか？　今のままだと夜しか見て回れないだろ」

「いいの⁉」

さっきまで「興味なーい」と本当に興味なしな反応をしてたアウルムが食いついてきた。

本当にダンジョンの外が見たいんだな、アウルムは。

「ああ、すぐにってのは周回してる冒険者達も迷惑するだろうから、そうだな、一ヵ月くらい周知期間をおけば——」

「一ヵ月なんて一瞬じゃん！　やった！　ありがとうリョータ!!」

ものすごく興奮するアウルム、ちょっとひくくらいのハイテンションだ。

「よーし、それじゃ今日も頑張るぞ！　行くよ」

「分かりました！」

アウルムはミーケを抱き上げて、食堂から飛び出していった。

ミーケの特殊能力で、精霊――モンスター属性をもつアウルムもダンジョンの出入りが可能になった。

ほぼ自力で自分のダンジョンに戻るという出勤をしていて、今の話も傍から見れば「上司に休暇の許しをもらえた社員」に見えるんだが。

「マスター」

「うん？」

「マスターにお礼を言ってますが、ダンジョン、彼女のものなのでは？」

「そうなんだよな」

俺は苦笑いした。

ナチュラルに俺の「許し」を得たって感じになるアウルムに、苦笑いを禁じ得なかった。

☆

ニホニウム、地下七階。

「……なんかすごく久しぶりだな」

「約三ヵ月ぶりです、マスター」

一緒についてきたレイアが秘書のように答えた。

「………」

「私の顔に何かついてますか、マスター」

「いや、たまーにレイアのことが、ゲームのガイド役っぽく見えるんだ。こう、隅っこにワイプ的な小窓でバストアップが出てるみたいな」

「言ってる意味が分かりません」

「だろうな」

俺は苦笑いした。

こっちの世界の人にテレビゲームの話をしても分かってもらえるわけがない。存在しないものなんだから。

だから普段は言わない事なんだが。

「レイアには言いやすいな、こういうの」

「そうですか」

レイアは淡々と受け流した。

元の世界に関係する話をしても、レイアは軽く受け流してくれるから、話がしやすい。

「マスター」

「どうした」

「あそこを見てください」

レイアはそっと離れた場所、斜め前の地面を指さした。

そこに例の、フィギュアサイズの、留め袖を着た女がいた。

多分名前はニホニウム、このダンジョンの精霊だと推測している女だ。

「悪い、しばらく色々忙しかった」

彼女はにっこりと笑った。

相変わらず言葉的なものは何もない。

その微笑みを見て、少し考える。

ほかのダンジョンが見たいフォスフォラス、ダンジョンじゃなくて外が見たいアウルム。

メシがあれば満足のアルセニック、男女問わずエロ大好きなセレン。

精霊達は、全員違う事を望んでいる。

「あんたは何がほしい？」

女に聞いた。

多分ニホニウムである彼女は何を望んでいるのか。

気になって、はっきりと言葉にして聞いた。

女はにこりと微笑んだ。

ただ、微笑む。

いつもと同じように、何も言わずにただ微笑む。

そして、消えた。

「……なんかあるんだな」

直感的にそう思った。

多分間違いないだろう。

ほかの精霊と同じで、実質ダンジョンの一番奥に閉じ込められていて、晴らせない望みを抱いて存在《生き》している。

彼女もそうだと直感的に思った。

そう思ってしまうと、はっきりと「ほっとけなく」なった。

かつての自分と重ねてしまった。

アウルムが見せたその姿。

日夜休むことなく働き続けながらも、大半の精霊はささやかな望みすら叶《かな》えられずにいる。

「なんとかしてやりたいな。何もしてもらえてない、残り精霊全員」

口に出してつぶやいた。

すると、横からパチパチと、手を叩《たた》く音が聞こえる。

見ると、レイアがいつもの無表情で拍手していた。

「どうしたレイア」

「分かりません」

「うん？　分からないで拍手したのか？」

「はい。マスターが急にまぶしく見えて、そうしたら手が動いてました」

「そうか」

「あ、今分かりました」

「うん？」

「マスター、すごいです。感動したから、拍手です」

時間差で感動したレイアに、俺はちょっと苦笑いをした。

253．三重弾発射

ダーン！

ニホニウム地下八階、三つ首のゾンビを通常弾で倒した。

ゾンビの三つの首はそれぞれ無敵、反射、弱点となっている。

無敵はいくら攻撃しても無駄で、反射はダメージがそっくりそのまま返ってくる。

弱点の首を攻撃しなきゃ倒せないようになっていて、三択を外すと首の内訳がシャッフルしてやり直し。

そのままだと三択だが、どういうわけか追尾弾は「反射」の首に向かって飛んでいくから、追尾弾を撃って着弾するまで、追尾弾が狙う以外の二つで二択になる。

無敵と弱点ならいくら攻撃しても問題はない、最悪やり直しなだけだ。

追尾弾を撃って、その弾よりも速く残った二択の首を攻撃。

何体か倒して、運の種をポーチで集めて、転送ゲートで屋敷に戻った。

地下室に入って、待っていたレイアと合流。

「頼むな」

「分かりました」

レイアは淡々と頷《うなず》く。

俺はポーチの中から、触らないように気をつけて、種を一粒出す。

「リヴァイヴ」

レイアが魔法を掛けた。

復活という名の、ドロップからモンスターを蘇生させる魔法。

ダンジョンの外だから、運の種はハグレモノに孵《かえ》った。

ダンジョンの中同様、追尾弾を撃って、二択にしてから残った首を吹っ飛ばす。

無敵に当たった。やり直して、もう一回追尾弾からの二択で——今度は普通に倒した。

見た事のない、新しい弾丸がドロップした。

それを拾い上げる。さてどんな弾なのか——。

「マスター」

「うん？　どうしたレイア」

「どうしてリペティションを使わないのですか。その方がずっと速いです」

「リペティションか、こういうことだろ？」

俺はもう一つ種を出して、レイアにあごをしゃくった。

レイアは無言で頷き、種に魔法を掛けた。

「リヴァイヴ」

「リペティション」

被せ気味で俺も魔法を使った。

種がほとんど過程をすっ飛ばすようにして、一瞬で銃弾になった。

ただでさえこの世界のモンスター討伐は生産の側面が強いのに、これじゃますます生産だ。

回数をこなせばサシミにタンポポをのせるレベルの作業になる。

「これをなんでしないのかって言いたいんだろ？」

「はい」

「こいつはありがたいモンスターなんだ。追尾弾より速くしないといけないから高速の戦闘への慣れ、二択の選択を一瞬でする判断力、失敗した時のリカバリー。こいつとの戦いはこの三つの能力が同時に鍛えられる。リペティションでサボるのはもったいない」

「なるほど。マスターは努力家ですね」

「努力家というか、凝り性というか。タイムアタックは好きだったし、アイテムをめっちゃ使うカートレースのゲームでも、アイテムじゃなくて自分のゴースト相手に延々と走ってたな」

「よく分かりませんが、すごいということだけは分かりました」

他人に余計な事は一切話さないレイア、俺もついつい安心して向こうの事とかを話してしまう。

それを「よく分からないけど分かった」という納得のしかたをするレイアの反応がありがたくて、ついついまた話してしまう。

「さて、それはいいとして……この新しい銃弾だな」

「効果を試しますか」

「ああ。多分なんかの特殊弾だろうからな」

俺は新しい特殊弾を銃に込めた。

レイアは地下室の隅っこに積み上げられている花を持ってきて、リヴァイヴを掛けた。

アルセニック産の花、モンスターはもちろんアルセニックのモンスターだ。

アルセニックのモンスターらしく、頑強そうな岩で、まったく動かない。

「どうぞ、マスター」

「ありがとう」

俺は動かない岩のモンスターに向かって新しい弾丸を撃った。

問題なく着弾した後——。

パァーン！

爆発音がこだまして、岩が砕け散った。

「爆発、だけですか」

「……レイア、もう一回頼む」

「分かりました」

レイアは余計な事を聞いてくることなく、新しいモンスターを用意した。

リヴァイヴで即再生したモンスターに新しい弾丸を撃ち込む。

パァーン！

また爆発音がして、岩が粉々に砕け散った。

「…………」

「どうですか、マスター」

「もう一回だ」

「はい」

三度、モンスターを設置する。

特殊弾を撃つ前に、自分とレイアに加速弾を撃った。

「マスター？」

「一緒に確認してくれ」

「分かりました」

頷くレイア、俺は特殊弾を撃った。

加速した世界の中で、銃弾はのろのろと飛んでいく。

それが岩のモンスターに着弾して。

パパパァーン！

「爆発が三回しました」

「だよな」

やっぱり気のせいじゃなかった、普通の速度で三回聞こえた様な気がしたけど、確信はなかったから、貴重な――一日で一発しか出ない加速弾を二発使って確認した。

「もう一回頼む、加速してる間に」

「分かりました」

レイアはものすごくテキパキと動いて花からリヴァイヴしたが、ハグレモノに孵る速度が普通であまり意味はなかった。

加速する世界の中でゆっくり孵る岩に特殊弾を置くように撃ち込む。

パパパァーン！

また、爆発音。

四回目になる爆発音。

「音が違うよな」

「そうですか？」

「分からないのか？」

「はい」

「そうかもしれないという前提条件で、もう一回聞いてみよう」

「はい」

五回目のテスト、リヴァイヴからの瞬殺、そして耳を澄ませる。

レイアを見た。

「はい、ちょっと違います。二回目だけちょっと変です。なぜなのでしょう」

「一回目と三回目は外から、二回目は中から爆発してるんだと思う」

「そうなのですか？」

「音の出方というか籠もり方というか、それが違った」

「そうなのですか？　よく分かりません」

レイアは分からないと言うが、間違いないと俺は99%確信した。

あとはなぜそうなのかだが……。

「レイア、もう一回だ」

「はい」

時間的にはこれが加速弾のラスト。

レイアがセットした岩に、俺は銃弾を連射。

「マスター？　それは通常弾では？」

「そうだ」

俺が撃った通常弾は六発。

三つのルートに分けて、それぞれ１、２、３と撃った。

加速する世界の中で、二発と三発は並ぶようにしてぴったりと。

当たって融合弾にならないようにぴたっと後をついていくように撃った。

一発の弾丸は岩にめり込んだ。

二発連続で着弾した所は爆発を起こした。

三発同時の所は、同じように爆発が起きて、飛び散る破片が文字通り粉々になった。

「やっぱりそうか」

「どういうことですか？」

「衝撃をほぼノータイムで連続して当てると、前の攻撃でもろくなったところに新しい衝撃がいって、それで普通よりも効果が高くなるんだ。この特殊弾はそれを三回、三重の衝撃を同時に出して破壊力を最大限にしてるんだ」

「なるほど、よく分かりません」

「加速弾を手にいれたあたりから二重弾の構想はあったけど、こいつはセルフで三重弾ってところだな」

新しく手に入れた特殊弾、三重弾。

破壊力は今までの弾丸の中でもトップクラスだった。

254.リョータの贈り物

ニホニウムダンジョン、地下二階。

特殊弾の火炎弾が切れてしまったから、その補充のためにやってきた。

地下二階に住まうゾンビを、成長弾のレベル上げがてらに、一体ずつ丁寧に頭をぶち抜いていく。

頭をぶち抜かれて倒れたゾンビは力の種になって、ポーチの中に吸い込まれる。

「うーん、特殊弾ももうちょっと楽な補充のしかたがあればいいんだけどな」

作業の合間の小休止、なんとなくぼやいてみた。

弾の補充で一番楽なのは通常弾と追尾弾だ。

通常弾はもやしとか野菜系をハグレモノに、追尾弾はゴミをハグレモノにすれば補充できる。

しかし特殊弾はニホニウムのダンジョンのモンスターからしか生まれない。

通常弾とかは普通の冒険者からも生産されるものだから、量を揃《そろ》えやすく、揃えるまでの手間はほとんどない。

それに比べると特殊弾は材料から自分で作らなきゃいけないから、一手間かかる。

……無理だよなあ、ここでドロップすること自体俺にしか出来ないことなんだから、どうしようもない。

せめて周回のパターンを構築して少しでも楽に出来るようにしよう。

そう思いながら、ゾンビを一体ずつ倒していった。

「ん？」

ふと立ち止まると俺は、ある方角をじっと見た。

人の気配を感じた。

俺は自分の感覚を疑った。

「このニホニウムに人の気配？」

ニホニウムは何も産み出さない、普通はモンスターをいくら倒しても空気しかドロップしない。

そのため俺以外の冒険者は一切来なくて、唯一の例外が空気箱を生産するマーガレット一味だ。

そのマーガレットも空気を生産するだけだから、地下一階より下には下りてこない。

ここは地下二階、普通なら誰もいるはずがないのだ。

銃を下ろし、深呼吸する。

気を取り直して、改めてその方角を見つめると……やっぱりいる。

勘違いとかじゃない、ちゃんと人の気配だ。

ほかのダンジョンで人の気配を感じてもどうもしないしスルーするのだが、ここは違う。

何故こんな所に人が来るのか、それが気になって、俺は種集めを中断して、気配のする所に向かっていった。

いくつかの角を曲がっていくと——。

「——早まるな！」

天井に縄を掛けて、今まさに首を吊《つ》ろうとしている男の姿が見えた。

男の首は今にも縄にかかろうとしている。

とっさに銃を抜いて、ぶら下がっている縄を撃ち抜いた。

切れた縄を持ったままバランスを崩して、男は地面に倒れ込んだ。

俺は駆け寄った。

「大丈夫か」

「………」

男は俺を見あげて、最初は頷《うなず》き、直後に首を横に振った。

「助けなくてもよかったのに」

「そうもいかない。なんでこんな……」

「ニホニウムは人が来ない。ここで死んでも、俺の装備のハグレモノは誰にも迷惑を掛けないから」

「いや、なんでここでって意味じゃなくて、なんで自殺をって聞いてるんだ」

男は再び俺を見あげて、力なく笑った。

「俺はもう、ダメなんだ……」

これはまずい。

放っておくわけにはいかない、と、俺は転送ゲートを使って、彼を屋敷に連れて帰った。

☆

「落ち着いたか」

「……ああ」

頷く男。

屋敷のサロン、エミリーがいれたお茶で体を温めた彼は、会った直後に比べて少し元気が出たように見えた。

エミリーの料理やお茶とかには人を落ち着かせて和ませる効果がある。

男をサロンに押し込んで、速攻で転送部屋でアルセニックのエミリーの居場所に飛んで、帰ってきてもらったのだ。

その甲斐《かい》あって、

「ありがとう。もう大丈夫だ」

男は自殺の再チャレンジを思いとどまってくれたようだ。

「とりあえず名前を聞いてもいいか」

探り探りで、まずは当たり障りのない話題から入る。

「……マッティアだ」

「そうか。俺は――」

「知ってる。リョータ・サトウ。今一番の有名人だ」

マッティアは自嘲する様に笑った。

「圧倒的な力で度々難事件を解決し、部下に四人もの精霊付きを従える、シクロ最大勢力のボス。俺なんかとは違うすごい男だ」

ほとんどいじけてるかのようにつぶやくマッティア。

「何があったんだ？　なんで自殺なんかを」

「もう……どうしようもないんだ」

「よかったら話を聞かせてくれ。もしかしたら力になれるかもしれない」

「……力に？」

「俺は度々難事件を解決してきたんだろ？　話してくれないかな」

まっすぐ、マッティアを見つめた。

なんかほっとけなかった。

彼のような人間を元の世界にいた頃たくさん見てきたせいか、ほっとけなかった。

しばらくして、マッティアがとつとつと語り出した。

「うちのファミリー、新しい事業を始めたんだ」

「新しい事業？」

「ああ。一年くらい前だったかな、飲み会でみんな盛り上がって、せこせこ働かなくても、ダンジョンの各階層、モンスターの一番の倒し方を見つけて、その方法を冒険者に売り込めば金になるんじゃないか、って」

「ああ、教導隊——いや普通にノウハウを販売するってことか」

マッティアは頷く。

「飲み会の席ではものすごく盛り上がったけど、その時だけの冗談だと思ってたんだ。ところがボスが本気で、翌日プロジェクトをぶち上げて、その時一番近くにいた俺にやれって命令してきた」

「…………」

「一年間頑張って、いろんな武器を使って、魔法も使って。ルートとかの最適化もやってみたけど……」

「上手くいかなかったんだな」

更に頷くマッティア、そのままうつむいてしまった。

そりゃ……そうだろ。

この世界では、大勢の冒険者が日夜ダンジョンに潜って、周回している。

ダンジョンの構造とか生息するモンスターはなかなか変わらない。最近変えるための品種改良は「精霊付き二人以上」というルールも出来たくらい、ダンジョンはあまり変わらないように保たれているんだ。

だから冒険者達はほとんどが通い慣れたダンジョンで、自分の動きを最適化している。

新しい最良の方法なんて、そう簡単に見つかるわけがない。

「だが、それでなんで自殺を？」

「一年間やっても結果が出なかったのは俺の責任だって、その損害を弁償するか、いい方法をすぐに編み出せって言われて……」

「おいおい」

ボスの業務命令でやった事で損害を弁償だって？

そんな馬鹿な話があるか。

「それでどうしようもなくなったんだ」

「なるほど」

話は分かった。

そのボスには色々と思うところはあるけど、とりあえずは目の前の事を解決するのが先だ。

「その最適化って、どのダンジョンでもいいのか？」

「え？　ああ、そうだけど……あっ、ニホニウム以外で」

「そりゃそうだ」

誰もドロップしないニホニウムの最適化をしても金にはならない。

逆に誰でもドロップする様になる方法だったらメチャクチャ金になりそうだ。

まあ、それはともかく。

「行こうか」

「え？　どこに？」

「いいから、ついてきてくれ」

そう言ってそのまま歩き出す。

ちらっと振り向くと、迷いながらも、マッティアは立ち上がって、ついてきてくれた。

廊下を進み、転送部屋にやってくる。

転送部屋の機能を使って、行き先を設定する。

光の渦の様な見た目のゲートが出現する。

「行こう」

「え？　ちょっと待っ――」

半ば無理やりに、有無を言わさずにマッティアをゲートの中に連れ込んだ。

やってきたのは、日本家屋の様なダンジョン。

「こ、ここは？」

「ランタンの地下二十階だ」

「ランタン⁉　ランタンってあのランタン？　フィリンにある」

「ああ」

「うそだろ……どうやって……」

「そのことはとりあえずどうでもいい。ランタン地下二十階の事は知ってるか？」

「え？　……あっ、新しいワインの」

「そう、俺が品種改良をしたダンジョン、つまり構造が変わったばかりのダンジョンだ。今から俺が周回をしてみせる、それを覚えてボスに提出するといい」

「え？　でもそんなの……」

「とりあえず急場凌《しの》ぎだ。それにどのみち」

俺はにやりと笑った。

「新しく生まれ変わった階層だ。今、最適でもそのうち更に最適化されるものだ。だから気にするな」

そう言って、マッティアを見つめる。

彼は少し迷った後、俺に深々と頭を下げた。

「ありがとうございます」

俺はフッと笑い、彼を連れてランタン地下二十階の周回をしてみせた。

普段からモンスターを倒す最適化をしてきたから、ネタには困らなかった。

最初にやってみせたのがついうっかりして、能力がＳとかＳＳとかじゃないと無理なやり方だったから、能力をＢあたりに抑えるイメージをしてから、別のやり方をしてみせた。

それをマッティアが覚えて帰っていった。

☆

数日後、ニホニウム地下八階。

この日はレイアと一緒に、運の能力上げをしていた。

「サトウさん！」

「うん？　マッティアか。元気そうだな」

「サトウさんのおかげです」

やってきた彼は、数日前とはまるで別人なくらい、吹っ切れたさわやかさをしている。

「あれからどうなんだ？」

「やめたよ、あそこは」

「やめた？」

ちょっとびっくりした。

「なんでやめたんだ？」

「サトウさんが教えてくれたあれをボスに教えたんだけど、完全にボスが一人でやったみたいな感じで手柄を横取りされたんだ」

「ああ……」

なんか目に浮かぶようだ。

失敗は部下の責任、成功は上司の手柄。

うん、よくあるよくある……ちょっと殺意が湧くレベルでよくあるな。

「それをやられて、一気にさめたんだ。だからファミリーはやめてきた」

「そうか。俺が言うのもなんだけど、その方がいい」

「ええ。だから今日は――」

マッティアは一歩下がって、深々と頭を下げた。

「ありがとうございます。と、お礼を言いに来たんだ」

「そうか」

頭を上げたマッティアは、最初に会った時とはまるで別人なくらい、晴れやかな表情をしていた。

問題を解決したとは微妙に言いがたいけど。

「本当にありがとう」

マッティアの顔を見て、これでいっか、と思ったのだった。

255. システム開発

ランタンダンジョン、地下二十階。

俺はフィリンの協会長である、マオ・ミィと一緒にここにやってきた。

あたりを見回すと、俺たち以外の冒険者はいない。

「貸し切りなの！」

マオはその小柄な体にとても似合ってる、無邪気な笑顔で言い放った。

「貸し切り？」

「そうなの。あなたの頼みだから今日はほかの冒険者を全部追い出して、貸し切りにしたなの」

「いいのか、そんな事して」

「いいのいいの。あなたのお願いより優先度の高いことはこの世界に存在するはずがないの」

マオは無邪気な笑顔のまますごいことを言い切った。

しない、よりも更に上の、存在するはずがない。

そこまで言い切ることが出来るのはすごいな。

☆

その時、シクロダンジョン協会、会長室。

セルとその部下が書類仕事をしていた。

「む？」

「いかがなさいましたかセル様」

「天啓受けた」

「てんけい？」

「張り合わなければならない、自分の信念を見せつけなければならないという天啓だ」

「よくは分かりませんが、頑張ってください」

☆

「――っ！」

「どうしたの？　怖い顔なの」

「いや今、変な悪寒がしたんだが……気のせいか」

なんか自分の知らない所でとんでもないことが進行してそうな気がするけど、怖いから忘れることにした。

「それよりも、その剣をどうするの？」

マオは俺が握っている剣を不思議そうに見た。

「ちょっと調べたんだが、やっぱり冒険者が使う武器で、剣が一番多いらしい」

「はいなの、オーソドックスで誰にでも使いやすい武器なの」

「だからこれなんだ」

「よく分からないけど応援するの」

「ああ」

俺は剣を握り直した。

あまり手に馴染《なじ》まない感触。

この世界に来てすぐにハグレモノで銃と特殊弾を手に入れたもんだから、異世界らしい武器をほとんど使ってこなかった。

だが、今はこれが必要だ。

地下二十階のモンスター、炎のくのいち。

露出の高いくのいち装束と、全身に纏《まと》う炎が特徴のモンスターだ。

炎のくのいちは俺に向かって疾走してきて、逆手に構えた忍び刀で斬りつけてきた。

剣で受け止めると、金属音と火花が散る。

くのいちを押し返して、更に踏み込んで反撃の斬撃。

ザシュッ！　斬撃は纏っている炎ごとくのいちを斬り捨てた。

モンスターが消えて、酒がドロップする。

ボドレー・リョータとブランド化された酒を無視して、今の戦闘を復習する。

一通りやってから、次の炎のくのいちに挑む。

すぐには倒さなかった。相手に攻撃をある程度させて、それを見極める。

炎のくのいちは分かりやすかった。

突進からの攻撃は二パターンあり、どっちの足が先に出るのかで変わる。

左足からかけ出した場合忍び刀の斬撃、右足からの場合は突進しながらの手裏剣だ。

そして後ろに回って、何もない時は振り向きの斬撃、ちらっと見たら手裏剣を投げてからの斬撃。

攻撃パターンを一通り見極めて、剣を使った最適化をしていく。

能力は抑えめ、想定は更にちょっと下げて力と速さがCを想定。

その能力値が出来る動きで最適化を組んでいった。

☆

「よし、これで20%近くの時間短縮だ」

「おめでとうなの」

マオはパチパチと拍手した。

「ずっと見てたのか?」

「はいなの！　とても格好良くて、最後の方は踊ってるみたいになってましたから、見とれてましたの」

「踊りか、パターンを突き詰めていくとそうなるかもしれないな」

色々テストして組み上げた最適化のパターンを思い起こす。確かに踊りに見えるかもしれないと自分でも思った。

俺はあらかじめ持ってきた紙とペンを使って最適化したパターンと、オマケに炎のくのいちの攻撃全パターンを書き込んだ。

それをマオに渡した。

「これはなんなの？」

「剣を使った場合の、炎のくのいちの一番安全で早い倒し方だ。これを冒険者に無料配布してくれ」

「それはもったいないの、戦う素人のマオでも分かるくらい素晴しい動きだったの。タダで公開するのはもったいないの」

「タダだからいいんだよ」

俺はそう言って、更に紙を突き出した。

「…………」

マオは真顔でじっと紙を見つめて。

「もしかして、どこかで理不尽なことが起きてましたの？」

「そうだな、向こうは理不尽だとも思っていないみたいだが」

マッティアの顔を思い出す。

マッティアがいたファミリー、そのボス。

顔も知らないが、やる事はゲスかったということだけは分かったそいつの事を思い出した。

マッティアはやめて晴れ晴れとした顔をしてたが、俺がマッティアのために作ったものがそいつの儲《もう》けになるのは我慢ならない。

だからこうしてやってきて、冒険者に一番使われている剣を使って動きを研究して、前のものより20%効率が上がるパターンを編み出した。

それを、無料公開する。

「何処の誰かは知らないけどご愁傷様なの」

「そうだな」

「でも自業自得《じごうじとく》なの」

「うん？」

「あなたがいるところで理不尽なことをしちゃダメってみんな言ってるの。なのに、したどこかの誰かさんの自業自得なの」

「そうだな」

そういう風になればいいな。

マオは俺の手から紙を受け取った。

「マオが責任もってこれをフィリンの全冒険者に広めるの」

「ありがとう、頼む」

「どういたしましてなの。むしろ光栄なの。リョータ・システムの協力者になれるなんて嬉《うれ》しいの！」

「その名前はなるべくやめてくれると嬉しい」

恥ずかしいし。

とは言え、マオはやる気だから、任せることにした。

しばらくして、ランタンダンジョン、地下二十階用のリョータ・システムが広まって。

マッティアのいたファミリーが儲け損なったうえに、しょぼいやり方を売りつけようとしたことを笑われ、信用を失ったという噂《うわさ》が聞こえてきたのだった。

256. リョータはそんな事しない

酒場、ビラディエーチ。

行きつけで、毎日違う種類のビールを出してくれる、いつ来ても違う味を楽しめるいい店で。

一仕事終わった夜、そこにアリス、そしてレベッカの三人でやってきた。

今日は黒ビールがオススメだっていうことで、三人分、まずは黒ビールでのスタートとなった。

「聞きましたわよ」

「うん？　何を」

聞き返すとレベッカはジト目で俺を睨《にら》んだ。

いや、その聞き方だとこう聞き返すしかないでしょうに。

「この程度のこと、覚えておく価値もないと言いますの？」

「いや本当になんのことなのか」

「……ボドレーのことですわ」

「ああ」

ポン、と手を叩《たた》く。

「周回の方法を公開したヤツか」

「ええ、そうですわ。まったく呆《あき》れた男。あんな事を二度もだなんて」

「むしゃくしゃしてやった」

「そんな犯人みたいな決まり文句でごまかさないでください」

レベッカは唇を尖《とが》らせた。

ドン！　と、からになったジョッキをテーブルに叩きつける。

よっぽど腹に据えかねているみたいだな。

「といってもな……」

俺は頬を指で掻《か》いた。

今回の事がなくても、攻略法なんて俺の中じゃ公開――というか共有するものなんだ。

ある程度誰にでも出来るように慣らしてからwikiとかに書き込む。

攻略なんてそういう風に扱ってきたから、公開しても別に……って感じだ。

それがレベッカにはどういうわけか気に入らないようだ。

「ええ、ええ、分かってますわ。一泡吹かせたかったのでしょう」

「分かってるならいいじゃないか」

「その余裕も気に入りませんの！」

「そ、そうか」

顔が上気して、すっかりとできあがった感じのレベッカ。

もしや酒癖が悪いのか？

「余裕とかじゃないと思うけどな」

ずっとそばで、仲間のモンスター達とじゃれ合っていたアリスが口を開く。

「なんですって」

「素なんだよリョータのそれって。困ってる——じゃないや、困らせられてる人を見るとほっとけないのって」

「そんなの分かってますわよ！」

「ですよねー」

アリスは楽しげに、ニコニコと笑いながら言った。

その反応に、レベッカはますます唇を尖らせてしまい。

「あなたのその余裕も憎たらしいですわ！」

「あたし？」

「そうですわよ！　これ見よがしに精霊を連れて歩いちゃってもう……ええい！」

レベッカはアリスの手からつまみのピーナッツを食べている（！）精霊・フォスフォラスのメラメラを奪い取った。

「ええい、こうして！　こうして！　こうしてやりますわ！」

レベッカはメラメラをなで回したり、粘土か泥団子にする様に両手で包んで丸める手つきでこねこねした。

メラメラの炎が明るくなったりくらくなったりで、レベッカの手から解放された時には目がすっかり「@@」って感じでぐるぐる回っていた。

なんというか……酔っ払いだな。

まあこの程度の絡み酒ならまだ可愛い方だから、別にいっか。

メラメラのこねこね事件をきっかけに、レベッカとアリスのやりとりが増えた。

俺を置いて雑談を始める二人。

似たもの同士の二人を一歩引いた形で見守る。

共にダンジョン生まれ、そして共に精霊付きの二人。

性格や口調は正反対だが、こうして見ると微妙に似ているように感じる。

ふと、スケルトンのホネホネがバランスを崩した。

人間用のジョッキを、全身で持ち上げて中身を飲もうとして、ずる！　と足を滑らせて後ろ向きに倒れた。

それをレベッカがサッと手を伸ばして下敷きにして助けた。

「危ないですわよ、飲むのならもっと小さいコップになさい」

ホネホネはカクカクとガイコツの頭を揺らして、まるで「ありがとう」と言ってるように応えた。

「優しいんだな」

「モンスターは特別ですわ」

「ダンジョン生まれだからか」

「ええ。その通りですわ」

レベッカは素直に認めた。

ホネホネが助けられると、ほかのモンスター達もアリスの周りにいるだけでなく、レベッカにも近づくようになった。

モンスターを挟んで、アリスとレベッカは仲良くなっていった。

「……外、騒がしいですわね」

ふと、ポテトフライでガウガウを餌付けしていたレベッカがそんなことを言い出した。

店の入り口――外に向けられた目は超一流冒険者、精霊付きらしく鋭いものに戻っていた。

「言われてみると騒がしいな。あっ、何かあったんですか？」

近くを通る店員を捕まえて、話を聞く。

「なんかハグレモノが出たらしいです」

「そうなのか？」

「はい、でもみんながすぐに退治してるから問題ないですよ。次々と現われてるからなんか騒ぎが続いてるだけで」

「……そうか」

次々と現われてる、というのに引っかかった。

街でハグレモノなんて早々出ない、それが次々と現われてる？

もしかしてまた何か事件が？

席を立ち、店の入り口に向かって、外を見た。

夜のシクロの街は普段より数割増しで騒がしい。あっちこっちから、ダンジョンの中にいるような戦闘の音が聞こえてくる。

「おい聞いたか、この騒ぎを起こしてるの、あのリョータらしいぜ」

「リョータって、『グランドマスター』のリョータ・サトウか？」

「ああ、アイツがあっちこっちにモンスターをばらまいてるらしい」

道路の向こう、顔もよく見えない所を通り過ぎていく男達の会話が聞こえてきた。

俺がばらまいてる？　そんなわけ――。

「ありえねえな」「ありえませんわ」

声が二つの方向から同時に聞こえてきた。

会話しながら遠ざかっていく二人組の片方と、そして俺の真横。二つとも鼻で笑うような声色だ。

いつの間にか、隣にやってきたレベッカだ。

「レベッカ」

「ばかばかしい話ですわ、あなたがそんなことをするはずがありませんわ」

「うんうん、リョータはそんなことしない。街のみんなもそれを分かってるもんね」

アリスもやってきて、レベッカの言葉に同意した。

まあ、そうだろう。

むしろ「リョータの前で理不尽な事をするな」というのがシクロの合い言葉だ。

街中にハグレモノをばらまくなんて、そんなの信じる人は少ないはずだ。

とは言え、放っておくわけにもいかない。

ハグレモノが実際に出ているので、被害が出るかもしれないのは事実なのだから。

「悪い、二人とも、ちょっと行ってくる」

「うん！　行ってらっしゃい」

「勝手になさい」

二人に見送られて、俺は店を飛び出した。

☆

亮太《りょうた》が去った後、店に残ったアリスとレベッカ。

ニコニコ顔のアリスと、つまらなそうにふてくされているレベッカ。

二人は肩を並べて、亮太の後ろ姿を見送る。

「まったく、なんて男なのかしら」

「えー、そんなのよく知ってるくせに」

アリスは口元を押さえて、むふふ、と意味深に笑う。

「『あんな事を二度もだなんて』、だっけ。よく見てるよね。それとも調べてるのかな」

「——知りませんわ！」

図星をつかれたレベッカはタン！　と床を勢いよく踏んで、店の中に戻っていった。

「あはは、照れない照れない」

親近感故の気安さのまま、アリスはレベッカを追いかけて、同じように店の中に戻っていった。

257．情けは人のためならず

街中を早足で回る。

あっちこっちにスライムとかの弱いモンスターがいた。

遭遇した傍から片っ端に倒していく。

ダンジョンの中だと鍛錬のためにあえて時間を掛けることもあるけど、ここは外、街の中。

時間を掛けるとそれだけ街の人に危険が及ぶ。

一切時間を掛けないで、出会い頭にぶっ倒していった。

使ったのは追尾弾。

照準を合わせる必要がなく、モンスターを認識したあとなら打てば勝手に追尾してくれる。

リペティションは七文字を唱える時間がいるが、対して追尾弾はトリガーを引くだけ。

スライムの様な最弱級のザコなら、リペティションよりも追尾弾の方が早い。

そうやって追尾弾を連射しながら街中で犯人捜しをしていると。

「おお、犯人発見」

「ネプチューン……それと……」

遭遇したネプチューンにいきなり犯人呼ばわりをされた。

彼はいつもの様に、恋人の様な二人、ランとリルを連れている。

顔なじみの優男はいつもよりちょっと意地悪な笑みを浮かべて、連れの二人に向かって言った。

「ほらね、言ったでしょ。犯人は現場に戻ってくるもんだって」

「ホントだ、すごいねネーくん」

「威張らないの。そもそもそれは私が教えてあげた話でしょう」

「そうだっけ。でもリルのは僕のもの、リル本人も僕のものだから」

「ば、ばか。何を言ってるのよ」

「あたしは？　ねーあたしは？」

ネプチューンは二人といちゃつきだした。

付き合ってられないので、俺は無視して再び歩き出そうとしたが。

「ちょっとちょっと、待ってよ。無視するなんてひどいじゃないか」

「言っとくけど俺は犯人じゃないぞ」

「そんなの知ってるって。シクロ中のみんなそう。多分真犯人だけじゃないかな。こんなのでキミを陥れる事が出来るなんて思ってるの」

ネプチューンはいかにも面白がってそうな、ニコニコ顔になった。

「ねえ、一つだけアドバイスしてあげよっか」

「なんだ？」

「真犯人を見つけたらちゃんとお仕置きすること。けっして情けは掛けないこと」

「なんでだ？」

「情けを掛けると向こうのためにならないからさ」

「……ふむ」

分かる様な分からないような話だ。

「あともう一つ」

「うん？」

「すぐに倒しちゃうからいけないんだよ。犯人はさ、キミの犯行だって言いふらして回ってるんだろ？」

「……あっ」

俺はハッとした。

うかつだった。

そうだよ、そういうことなんだよ。

あっちこっちに出ているモンスターのハグレモノを俺のせいだって言いふらしてるやつがいる。

そいつは、被害を出して俺になすりつけようとしてるんだ。

モンスターと出会って速攻で倒してたんじゃだめだったんだ。

「ありがとう、助かった」

「ふふ、有名人も大変だね」

「今度礼をする」

ネプチューンに別れを告げて、再び犯人を追いかけた。

しばらくシクロの街中を走り回って、またモンスターを見つけた。

今度は二体、テルル地下一階のスライムだ。

即倒したい気持ちを抑えて、スライムに向かっていく。

スライムはぴょんぴょんと跳ねて、俺に向かって体当たりしてきた。

ペチッ、って脳内の擬音が聞こえた。

一周回って新鮮だった。

スライムに攻撃されるの、一年ぶりかもしれない。

ある程度強くなって、経験を積んでからはまったくスライムからダメージを喰《く》らわなくなったからな。

――って、平然としてる場合じゃないな。

「えっと……う、うわあああ」

知りあいが見てたら恥ずかしくて死にそうな演技だった。

棒読みの悲鳴を上げて、俺は地面に倒れ込む。

スライムが群がってきて、俺に攻撃してくる。

痛くはない、むしろうっかり反撃して倒してしまわないように我慢するのが難しいくらいだ。

しばらく、倒れたままスライムの好きにさせて、たまに「うわー」「いてえ」と悲鳴を上げてみせた。

まったく慣れてないことに、誰も見てないとは言え、顔から火が出そうなくらい恥ずかしくなった。

が、その甲斐《かい》あって。

「ここにもモンスターがいたぞ！　リョータ・サトウがまたハグレモノをはなったぞ！」

「来たか！」

声の方を振り向いた。

曲がり角から身を乗り出して誰かが叫んでるのが見えた。

俺は銃を抜き、倒れたままそいつを撃った。

拘束弾。

光の縄がそいつを捉える。

「な、なんだこれは！」

「リペティション」

ハグレモノのスライムを魔法で倒して、ゆっくりとそいつに近づいていった。

拘束弾で縛られているのは中年の男だった。

「お前……誰だ？」

「お前こそ何者なんだ！」

男は怒鳴ってきた。

名乗って、なんでこんなことをやったのか聞こうとした、その時。

「ボス……」

背後からため息交じりの、いかにも呆《あき》れた声が聞こえてきた。

振り向くと、今度は知ってる顔だ。

「マッティア」「マッティア！」

……え？

もう一度振り向くと、男は怒りの形相で、現われたマッティアを睨《にら》んでいた。

マッティアのことを知ってる、そしてマッティアが「ボス」と呼んだ。

これって……。

「前にいたファミリーのボスか？」

聞くと、マッティアは苦虫をかみつぶした様な顔で頷《うなず》いた。

ああ、なるほど。

そういう事なら、と話を一瞬で理解した。

「逆恨みか」

「はい。話を聞いてもしやと思って追いかけてたけど、まさか本当にボスだったとは……」

マッティアは更にため息をついた。

つまり、俺がボスを儲《もう》けさせないために、ランタン地下二十階の周回方法を公開したのが効いたのはいいが、それで逆恨みをされて、こんなことになったってわけか。

「すみませんサトウさん、こんなことになって」

「いやあんたは悪くない」

悪いのはあくまでマッティアの元ボスのこの男だ。

適当な思いつきで事業を始めて、失敗したら部下の責任、成功したら手柄は横取り。

そのくせただの商売敵に逆恨みしてこんなことをする。

悪いのは完全にこの男だ。

この男、なんだが。

「力が抜ける……」

なんというか、バツを与える気もおきない様なしょぼい事件だった。

結局こいつがやったのって、ハグレモノをばらまいて俺の名前を連呼しただけなんだよな。

シクロの人間は誰も信じてなかったし、ばらまかれたモンスターも弱いものだった。

「なんでスライムとかだったんだ？　モンスターは」

「そんなの！　強いモンスターだと私も危険に決まってるからだろうが！」

「………………」

情けないことを力説する男。

本当、力が抜ける。

「どうしますかサトウさん」

「なんかもうどうでもいい気がしてきた。俺から何かをするつもりはない」

「いいんですか？」

「ああ」

「分かりました、ならしかるべき所に通報します」

「ああ」

たとえ俺が脱力しても、街にハグレモノをばらまいたのはれっきとした犯罪だ。

しかるべき所に通報する、それでいいのかもしれない。

「話は聞いた、余が判決を下す」

「うわ！　セ、セル、いつの間に」

急に現われたセルに驚く俺。

相変わらず神出鬼没だな。

「街に騒ぎが起きた、協会長として座視するわけにはいかない」

「まあ、それはそうだろうな」

「ましてやサトウ様に罪をなすりつけようとする輩《やから》など」

「それは協会長が気にするようなことじゃ――」

苦笑いする俺。次の瞬間、セルの袖から何かが地面に落ちた。

重い音がしたそれは俺のフィギュア、しかも――

「なんで俺がスライムに攻撃されてる所なんだよ！」

「ご、ごほん」

セルは俺のフィギュアを拾って袖に入れ直して、厳しい顔でマッティアの元ボスを睨んだ。

「セプトファミリーの領袖《りょうしゅう》だな、貴様に判決を言い渡す」

「なっ、お、俺はちがっ――」

「今後、シクロの全買い取り屋に、セプトファミリーからの買い取りを禁ずる。ダンジョンの免許も取り消しだ」

「なっ――」

セルが言い渡した判決は、おそらくもっとも重いものだった。

「ま、待ってくれ！　これは違うんだ！」

拘束されたセプトは必死に違う――何が違うのかと思ったが、とにかく違うと訴えた。

しかしセルは一切振り向くことなく立ち去った。

その背中には怒りが滲《にじ》み出ているように見えた。

えっと、これってやっぱり。

「あーあ。だから言ったのに」

真横からネプチューンの声が聞こえてきた。いつの間に彼も来ていたみたいだ。

「ネプチューン」

「情けを掛けると向こうのためにならないって言ったのに」

ネプチューンはニコニコ笑いながら言ったのだった。

258. 軟投派リョータ

テルル、地下一階。

この日は効率的な周回のために、モンスターを倒していた。

マッティアの一件でランタン地下二十階のやり方を二回更新したが、自分が普段通ってるダンジョンはやり方が古いってことに気づいた。

それでテルル地下一階に来ている。

「ふっ！」

スライムを掴《つか》んで、少し離れた所に置いている魔法カートに投げる。

レイアが守っている魔法カート。

スライムはその真上に到着した瞬間、じゅわっと溶けて、そのまま消えてもやしになった。

ドロップしたもやしは魔法カートの中に落ちた。

スライムを掴んで投げる、体当たりをしてくるのを受け止めて投げる。飛んできたのをダイレクトボレーで蹴り飛ばす。

その場その場のやり方でスライムを魔法カートに飛ばした。

魔法カートの上には無炎弾――火炎弾と蒼炎弾《そうえんだん》の融合弾を撃ってある。

スライムはそれに触れた途端即死して、ドロップが魔法カートの中に入る。

「どうだ、レイア」

「計算中……前のやり方に比べて、ほんのわずかに効率が劣っています」

「やっぱりダメか」

「マスターが敵モンスターに向かっていくまでは効率が上回っています。その後の復活待ちがロスになっていると推測します」

「探しに行けないからな、無炎弾は撃ったらそこに固定だから。かといって無炎弾を移動する度に使ってちゃそれはそれで――」

「はい、更に効率が下がると思われます」

「だよな。無炎弾をちょうどいい高さに撃って、その真下に魔法カートを置かないといけないからな」

そこにロスが生まれる。

たとえ融合弾の発生精度を上げてもまだロスな気がする。

「このやり方で、私が魔法カートを押せれば効率は上昇すると思われます」

「ふむ……」

俺はあごに手を当てて考えた。

確かにそれは効率がよさそうだ。

レイアがカートを押して――いや、この場合合体して、アームでカートを引っ張ってきた方がいいか？

そのカートの上に敵を投げて倒せれば効率は更に上がる。

問題は無炎弾が動かない事なんだよな……。

「きゃっ」

離れた所から聞こえてきた小さな悲鳴が思考に割り込んできた。

顔見知りの女魔法使いがスライムに攻撃されて負傷した。

特に何も考えずに、無限回復弾を彼女に撃った。

「ありがとうございます」

彼女はぺこりと頭を下げた。

そのまま戦っているスライムの周りをぐるぐる回る。

スライムは紫色をしていた。

彼女の戦闘スタイルで、毒魔法を使って、割合のスリップダメージで倒すやり方。

毒にかかったスライムの周りで手を出さないでぐるぐる回る。

しばらくして、スライムがじゅわっと溶けてもやしをドロップした。

いつ見ても不思議な倒し方だ。

スリップダメージ——継続ダメージで倒れたモンスターは、何もされてないのに急に死んだ風に見える。

俺にはあわないが、結構やってる人が多い戦法だ。

割合の継続ダメージをいれた後は身を守ればいいのだから、少し格上の相手でも安定的に倒すことが出来る。

この世界の冒険者は安定周回第一だから、この戦法を使う冒険者は一定の割合でいる。

さっきの女冒険者のほかにもやってる者がいた。

すぐそばで別の男が同じように毒魔法を掛けて、防御と回避に専念している。

スライムは跳んだり跳ねたりして、男に攻撃をしかけるが、身を守ることに集中した冒険者にたいしたダメージは与えられない。

やがて、スライムはまた急にって感じで倒されて、もやしがドロップされた。

「ああっ！」

男は困った様な声を上げた。

毒ダメージでスライムが死んだのは天井に跳んで、反動で飛んでこようとした瞬間だ。

その場所で倒れたスライムがドロップしたもやしは、半分近く天井に引っかかった。

「取れないなあれ……もったいねえ」

男は口惜しさを出しつつも、しょうがないと諦めた。

俺は、天井のもやしを見つめた。

「マスター？　あのもやしが欲しいのですか」

「いやそうじゃない」

そうとだけ言って、俺はもやしを見つめた。

毒ダメージで急に死んだように見えて、天井にドロップが引っかかったスライム。

おもむろに地面に落ちていた小石を拾って、人のいない方角に投げつける。

回転を掛けて飛んでいった小石は途中で急降下した。

縦の変化球だ。

そうだ、こうやって力の加減次第で……。

「レイア、魔法カートを押してついてこい」

「分かりました」

レイアは何も聞かずに、とにかく忠実に命令を守るって感じで、魔法カートを押してついてきた。

スライムとエンカウントした。早速跳んできたので、それを手のひらで受け止め、掴んで、レイアの方に向かって投げつけた。

跳んでいったスライムは途中で破裂して、もやしをドロップした——が勢いが足りなくて、魔法カートの手前でやられたからもやしがカートに入らなかった。

「済みませんマスター」

「いやいい、レイアのせいじゃない。むしろそのまま同じペースを維持してついてこい」

「分かりました」

レイアは忠実に言いつけを守った。

同じペースでついてくる魔法カートに、今度は身を屈んで突っ込み、ひったくるようにスライムを掴んで、アンダースロー気味に投げた。

投げた瞬間、力をコントロールして、魔法カートの上空に辿《たど》り着いたタイミングで倒れるようにする。

二回目は勢い余って魔法カートを飛び越えてしまったが、三回目はちゃんと魔法カートの上空でスライムが倒されて、もやしがカートに直接入った。

「さすがマスター」

「まずはカートと等間隔でやる、ついてこい」

「はい」

はっきりと頷《うなず》くレイアを引き連れて、スライムを投げる作業に入った。

摑んで投げる、毒ダメージから思いついた。時間差で倒れるように投げる。

最初はカートに入ったり入らなかったりしたが、徐々にコツを摑んで、百パーセントに近い入り方をするようになった。

確実に入るようになってから、50体近く投げて入れた後、レイアに聞く。

「レイア、効率は？」

「1・1倍上がっています」

「1割増か。よし、ペースを上げる。タイミングは俺が合わせるから、レイアはとにかくついてこい」

「分かりました」

レイアのカートを押す速さが一定じゃなくなったからまた外れることもあったが、一回コツを摑んだから、今度はあっさりと調整する事が出来た。

摑んで投げる、投げてカートの上で倒れるようにする。

速度とタイミングをその場に最適な、即興のようにした結果。

「どうだ！」

「最初の1・3倍です」

「よし、もうちょっと上げてみよう」

「はい」

テルルで、更なる効率化を図った一日だった。

259. 社会科見学

テルルダンジョン、地下一階。

俺は休憩所近くで休んでいた。

レイアは屋敷に戻っている。

周回最適化で出した数字を聞きにいったのだ。

カスタムカート屋のオルトンが改造してくれた魔法カートにも集計機能はあるが、アレはあくまで簡易的なもの。

ちゃんとした数字が欲しくて、レイアにおつかいを頼んだのだ。

それで今はこうして、休憩している。

「みんなー、ちゃんと並んで。遠くへ行くと危ないですよー」

「ん？」

気の抜けた声が聞こえてきた。

声の方を見ると、二十代の若い女が、小学校中学年くらいの子ども達をぞろぞろ連れている。

「なんだ？　あれは」

「知らないのか？」

近くにいる顔見知りの冒険者が俺の独り言に反応した。

「どういうことだ？」

「街の学校の行事だ、冒険者は大事な職業だから、こうしてたまに先生がダンジョンに連れてきて見学させるってわけだ」

「なるほど、社会科見学か」

そういうのがあったんだなあ、と、何となく感心してしまった。

「危ないから一階から下へは行かないし、あんたには釈迦《しゃか》に説法だけど、子どもがいる時は巻き込む様な攻撃は控えてくれ」

「ああ、もちろんだ」

顔見知りの冒険者は休憩所に入っていった。

しかし、社会科見学がダンジョンか。

この世界らしいと言えばらしいけど。

「あの――こんにちは」

女の子の一人がこっちにやってきて、ぺこり、と頭を下げた。

「こんにちは、なんだい」

相手が子どもだからか、つい言葉遣いが優しくなってしまう。

「おじさん、冒険者ですか」

「おじ……ああ、そうだ」

「あの……モンスターを倒す所を見せてもらってもいいですか」

更に別の女の子がやってきた。

新しく来た子も礼儀正しかったが、最初の女の子に比べて気が強そうに見える。

この子なら近い将来ダンジョンで再会しそう。

そう思わせるような女の子だった。

「ああ、いいぞ」

俺は休憩を切り上げて、銃を抜き構えた。

「ありがとうございます」

「ありがとうございます。さっきあそこでモンスターを見かけました」

「いや大丈夫だ。そろそろのはずだ」

「……？」

女の子は小首を傾げた。そろそろってどういうことだ？　って顔だ。

俺は銃を構えて、何もない空間に向けた。

周回してると大体分かる、モンスターの復活ポイントと、大体の復活の間隔が。

それに合わせて拘束弾を撃った。

何もない所に銃弾が飛んでいき、ちょうど復活したスライムに命中。

置き拘束弾が命中して、スライムが光の縄に縛られて動けなくなった。

「わっ！　すごい」

「近くで見るか？　それか倒してみるか？」

「いいんですか!?」

元気な方の女の子は目を輝かせて、拘束されたスライムに向かっていった。

殴ったり蹴ったりしている。

もう一人の女の子は同じようについていって、石を拾って遠くからぶつけている。

仲良し同士だろうか、二人はスライム相手にペチペチやってて、見てて微笑ましい。

俺は拘束を切らさないように気を配った。

女の子達は、えいえいと実に五分かかってスライムを倒した。

スライムは一つまみのもやしをドロップした。女の子はそれを持って、嬉《うれ》しそうに戻ってきた。

「おじさん！　もやしが！」

「やったな！」

「はい！」

「ありがとうございます」

女の子達は花が咲いたような笑みを浮かべた。

「おい、何やってんだよ」

更に子どもがやってきた。

今度は男の子、ちょっと乱暴そうな感じの男の子だ。

「あのね、この人すごいよ」

「見て、このおじさんのおかげでスライム倒せたよ」

「はん、すごいって、お前ら甘いな」

「甘いって何さ」

「おいおっさん」

「うん？」

「おっさんの名前は」

「佐《さ》藤《とう》亮《りょう》太《た》だけど？」

「サトウ……リョータ……ふん。ちがうじゃねえか」

「どういう事なのさ」

「いい事を教えてやる。冒険者はな、精霊付きってのが一番すげえんだよ」

「せーれーつき？」

「そうだ。ダンジョンには精霊がいるんだ。その精霊に認められたらダンジョンの名前を名乗れるんだよ」

「そうなの？」

女の子達は俺を見た。

「ああ、本当だ」

「サトウもリョータもダンジョンの名前じゃねえ。こいつはたいした事ないヤツだ」

乱暴そうじゃなくて、生意気な子どもだった。

言ってることは間違いじゃないが、冷や水を浴びせられた二人の女の子はシュンとしたり、ぶすっとしたりした。

少しフォローするか、って思っていると。

「やあやあ、久しぶりねリョータ君」

「その声は……ネプチューン」

「声だけで分かるなんて、僕達の友情がますます深まったような気がするよ」

「好感度なんてステータスはこの世界にないから平気だ」

やってきたのはネプチューン、いつものようにランとリルの二人を引き連れている。

「こんな所で何を——ありゃ、子ども達の相手かな」

「休憩がてらにな」

「そかそか。子どもは大事だよね、人類の宝だもんね」

「そうだな」

「な、なあ……」

生意気な男の子が俺の時とはまったく違う様子で、ネプチューンに話しかけた。

「うん？　なんだい？」

「ネプチューンって、もしかしてあのネプチューン・オキシジンさん？」

「よく知ってるね」

「す、すげえ。精霊付きだぜ！」

男の子のテンションが上がった。

精霊付きを生で見られて大感激って感じだ。

「あ、あの！　握手してください」

「いいよ」

「おれ、冒険者になります！　ネプチューンさんみたいなすごい冒険者になりますから！」

「そうか、それは嬉しいね。でも僕よりも彼を目指した方がいいな」

「え？」

ネプチューンが俺を指さすと、男の子はキョトンとした。

「なんで……このおっさんを？」

「彼の方がすごいよ。ねっ」

「それはいいけどウインクはやめてくれ」

「あはは、キミは相変わらずお堅いね」

「お前が砕けすぎなだけって人から言われたことないか？」

ネプチューンと、とりとめの無い世間話をした。

気軽に話してくるネプチューン、割と話しやすい相手だ。

「じゃあ僕らはこれで。行こう、ラン、リル」

「うん！」

「待たせすぎよ」

ネプチューンファミリーは階段を下りて、下の階に向かっていった。

「ふ、ふん！」

「ん？」

ネプチューンがいなくなると、男の子が鼻を鳴らした。

「調子にのるなよ」

「えっと、うん？」

どういう事なのかなって思ってると、男の子は一気にまくし立ててきた。

「すげえのは精霊付きなんだからな。精霊付きと友達だからって威張るとかっこ悪いだけなんだからな！」

「……ああ」

なるほどそういうことか。

一瞬なんのことなのか分からなかったけど、要するに羨ましいんだな。

憧れの精霊付き、ネプチューンと俺が親しく話してるの。

微笑ましいな。

「マスター」

「お、戻ってきたかレイア」

背後から声を掛けられた、振り向かなくてもレイアだって分かった。

レイアは俺の前に回り込んできた。

子ども達など目にも入らないって感じで、俺だけを見ていた。

普通ダンジョンに子どもがいるとそれに目が行くもんだが……まったく気にも留めないのは実にレイアらしい。

「遅くなってしまって、済みません」

「なんかあったのか？」

「セレンに呼ばれました。無視すると声が頭に響いてマスターの妨げになるので、まずはそっちへ行ってました」

「そういうことなら仕方ないな」

セレンの呼び出しってことは何かエッチな事をされたのかもしれないが、レイアは言わないし、俺も聞かないでおいた。

ふと、男の子の表情が目に入った。

彼は愕然《がくぜん》とした様子で、レイアと俺を交互に見比べる。

「どうした」

「せ、セレンって。あのセレンダンジョンのことか？」

「ああ」

「もしかしてこの姉ちゃん、セレンの精霊付きなのか？」

「そうだな」

俺が頷《うなず》くと、男の子はますますびっくりした顔で、目を見開かせた。

「セレン……精霊付き、なのにマスター……えぇ……」

思ってる事が全部口に出るタイプだろう。

精霊付きのレイアが俺をマスターと呼び、精霊付きが俺の部下になってることに愕然としてるみたいだ。

「リョータ！　かーえーろー」

「うわっ！　いきなり後ろから抱きつくって誰だ？」

「あ・た・し」

「アウルム！」

背後からタックルするように抱きついてきたのはアウルムだ。

彼女はミーケを抱きしめたまま、器用に俺に抱きついている。

「どうしたんだ、いきなり」

「迎えに来たんじゃん。リョータがあたしをダンジョンから連れ出したようにね」

「そうか」

「どう、嬉しい？」

「精霊に迎えに来てもらえるなんて滅多に出来ない経験だな」

「ふふーん」

アウルムは楽しそうに胸を張った。

感情豊かな彼女を見て、連れ出して、そしてミーケを組ませてよかったなと思った。

その、一方で。

「アウルム……精霊……まさか最近噂《うわさ》のアウルム本人⁉　なんでこのおっさんに⁉」

男の子は更に愕然、そしてブルブルと震えだした。

これまた分かりやすい感じで口に出してて、やっぱり微笑ましい。

男の子は俺に目を向けてきた。

口を引き結んで、俺を睨《にら》む。

そして。

「――か」

「ん？」

「勝ったと思うなよー‼」

男の子はそんな捨て台詞《ぜりふ》を残して、身を翻して駆け去っていった。

その後ろ姿を見送りつつ、俺は「頑張れ」と、密かにエールを送ったのだった。

書き下ろし　始まりのニンジン

とある休日の昼下がり、ホワイトを標榜《ひょうぼう》するリョータ一家は、揃《そろ》って休日を満喫していた。

リビングでリョータ、エミリー、セレスト、イヴの四人が集まっている。

リョータとセレストは食卓で向かい合って世間話をしていて、イヴは目を輝かせながら、料理をしているエミリーの周りをうろちょろしている。

さっきまでかき混ぜてて、最後に味見をしたエミリーは、その料理の出来映えに満足した微笑みを浮かべた。

「これで完成なのです」

「出来たの？」

「はいです。イヴちゃん専用、ニンジンジンジャムなのです」

「ふおおおおお！　ニンジン、ニンジン、ニンジン！」

それまでも一番近い場所で見守っていたはずなのに、エミリーの「ニンジン」宣告にイヴは大はしゃぎした。

あまりにもテンションが上がりすぎたので、食卓にいるリョータとセレストが一斉に視線を向けた。

「料理が出来たのか？」

「はいです」

エミリーが体をさっとよけると、コンロの様子がリョータとセレストにも見えるようになった。

コンロは二口、鍋も二つ。

二つの鍋はまったく同じサイズだった。

同じサイズの大鍋が二つもあることをリョータは不思議に思った。

「ニンジンジャムって聞こえたけど、どうして二つも？」

「こっちはイヴちゃん専用のニンジンだけのジャムなのです。こっちはニンジンとリンゴのジャムなのです」

「へえ……うん？　なんか……この匂い……」

リョータはちょっと首を傾げて、エミリーが言った、「ニンジンだけ」のジャムの方で鼻をスンスンと鳴らして匂いを嗅いだ。

「はいです、レモン汁をちょっと入れてるです」

「へえ、レモン汁」

「そうするとニンジンの甘みをより引き出せるのです」

「なるほど、スイカに塩みたいなものか」

リョータは納得したが、その横でイヴが不満そうに唇を尖《とが》らせていた。

「レモンいらない、うさぎ、ニンジンだけでいい」

「はは、まあそう言わずに試食してみたら？　エミリーがあえてそう作ったんだ。間違いはないはずだぞ」

「…………」

イヴはエミリーを見つめた。

キャロットジャンキーと呼ばれた彼女でも、エミリーの料理の腕は認めている。

「分かった、試してみる」

イヴがそう言うと、エミリーは味見用に使っている小さなスプーンを差し出した。

イヴはそれを受け取ってニンジンだけのジャムを一掬《ひとすく》いして、ぺろりとなめとった。

その、瞬間――。

「ふおぉぉぉぉぉ――!!」

さっき以上に、イヴは目を輝かせて狂喜乱舞した。

するやいなや、小さなスプーンを使って、まるで嵐のように次々とジャムをすくっては口の中に放り込んでいく。

そして、おいしいおいしいと連呼しながら、エミリーのジャムを平らげていく。

「まるでマンガのような食べ方だな」

リョータはたのしげに笑った。

その向かいでセレストがふと何か思い出したような、そんな表情で口を開く。

「そういえば、どうしてニンジンなの?」

「ウサギがニンジンを食べるのは当然のことなんじゃないのか?」

リョータはそう言ったが、セレストは更に告げた。

「彼女みたいな人達はなんでも食べると聞いたわ。それこそお肉も」

「そうなのか?」

セレストの言葉に、リョータは白目がガッと広がるほど目を見開いた。

不思議に思い、驚きもしたが、その表情はすぐに収まっていく。

情報と知識にかけては、セレストのそれはファミリー随一なのだ。

彼女の口から出た情報であれば間違いないだろう、と、セレストが答えるよりも早く落ち着いた。

それでも、セレストは答える。

「ええ、そのはずよ」

「そうなのか……じゃあ」

リョータはそう言い、一心不乱にジャムだけを貪り続けているイヴの方に視線を向けた。

「よっぽど、最初に食べたニンジンがおいしかったんだろうな」

食べ物の好き嫌いの多くは、子供の頃や初めて食べたもののクオリティに影響され、その後一生涯受け継がれることが多い。

リョータも子供の頃に食べて「めちゃくちゃおいしかった」と感じたもので、その後ずっと大好物だったものがいくつもある。

イヴも昔最初に食べたニンジンがよほどおいしかったんだろうな、とリョータは思ったのだった。

☆

ダンジョンの中、モンスターが現われず、襲ってくるとしてもすぐに察知することが出来る一本道の奥まった場所。

そんな場所で、獣人族の冒険者達が固まって食事をしていた。

イヴ・カルスリーダーもその中にいた。

人間で言えば10歳前後の女の子、１３０センチ前後の身長の彼女は、体格なりのバニースーツを纏《まと》っていた。

露出度は高いが、色っぽさはほとんどなく、むしろ可愛らしさが感じられる。

そんなイヴは、周りを大人達ばかりに囲まれて、一人だけその中に交じっている。

冒険者の集団だからか、食事の風景は総じて豪快なものだったが、イヴはその中でも群をぬいている。

両手でマンガ肉のような肉の塊を掴《つか》んで貪り食っている。

一つ食べきってから、たき火のそばで焼き上がったばかりの別の肉を掴んだ。

「こらっ！　肉だけじゃなくて野菜も食べなさい！」

中年の獣人女性がイヴを叱った。

すぐそばに鍋で煮えているニンジンスープがある。

ニンジンはこの階層でドロップしたもので、現地調達した食糧だ。

それを最低限の味付けをした程度の簡単なスープだ。

大人であっても好んで食べるような代物《しろもの》ではなかったため、子どものイヴはなおさら嫌っていた。

「野菜は嫌い、まずいから」

「嫌いでも食べなさい」

「やっ！」

子どものイヴは反発した。大人から「野菜を食べなさい」と強制されたことに強く反発した。

殊更強く言われると、イヴはマンガ肉を片手に立ち上がって、その場から逃げ出した。

「ちょっと、待ちなさいイヴ！」

女の人は腰を浮かせて手を伸ばし、イヴを掴んで止めようとするが、イヴはそれを躱《かわ》してダンジョンの中に消えていった。

「もう！　あの子ってば」

「まあまあ、いいじゃないか」

イヴと同じように肉をかじりながら、小さなボトルで酒を飲んでいる戦士風の中年がそう言った。

周りと同じようなうさ耳は片方に刀傷があって垂れていて、歴戦の猛者《もさ》たる雰囲気を醸し出している。

「子どもの好き嫌いにいちいち目くじらたてても仕方ないだろ」

「子どもだからこそ今のうちにしつけてるんじゃないの」

「やめとけやめとけ。あの子は俺がみこんでパーティーに引き込んだ子だ。あの歳でだぞ」

男はボトルをぐいっと一気にあおって、口元を手の甲で拭いながら「ぷはーっ！」とやった。

「戦闘の天才だ。天才という人種をそんなつまらん枠にはめるのはやめてやれ」

「天才だけど子どもよ。体をしっかり作らなきゃすぐに終わっちゃうじゃないの」

「そうかい。まっ、嫌われんようにな」

男はそう言い、言いたいことは言い切ったとばかりに、他の男と世間話を始めた。

別の男も同じように、耳をぴこぴこさせて豪快に肉をかじっていた。

「まったく……男ってのはこれだから」

女の人は腰に手を当てて、呆《あき》れた様子で盛大にため息をついた。

☆

ダンジョンの中、イヴはマンガ肉片手に、フンスフンスと鼻息荒くさせながらズンズン歩いている。

そこにモンスターが現われた。

いかにもバッファローのような見た目だが、明らかに草食ではない牙を剝き出しにしている。

モンスターは血走った目でイヴを睨《にら》み、鼻息を蒸気機関車のように噴きだした直後、後ろ足で地面をひっかいてつけた反動でイヴに突進してきた。

巨大な牛のモンスターに、小柄な10歳くらいの少女。

普通ならばこの後に惨劇が繰り広げられるものなのだが、まったくそうはならなかった。

「……ちょいさ」

イヴは落ち着き払って、小さくジャンプした。

そのままよけるでも無く、真っ向からぶつかり合うような感じでバッファローの眉間に手刀を叩《たた》き込んだ。

すると、バッファローの巨体が吹っ飛んだ。

首がねじ曲がりながら吹っ飛んでいき、まるで交通事故のようにめちゃくちゃ弾き飛ばされた。

小柄な少女と獰猛《どうもう》な牛の巨体。物理法則を完全に無視したような一撃だった。

「ふんす！」

着地したイヴは、鼻息を荒くした。

事情を知ればモンスターに同情も湧く一撃だった。

イヴは大人から「野菜も食べなさい」と説教された鬱憤を全てその一撃に込めたのだ。

その鬱憤で吹っ飛ばされたモンスターはもはや災難としか言えず、同情するしかない境遇だろう。

その一撃で倒されたモンスターは「ポン」と消えて、イヴにはもはや見慣れた光景、ドロップの光景になった。

「野菜はきらい、まずいから」

モンスターのドロップはニンジン、先ほど冒険者達が現地調達して料理したニンジンだ。

ニンジン嫌いな子どものイヴは唇を可愛らしく尖らせてしまう。

しかしそうはならなかった、ドロップしたのはニンジンではなかった。

なんと、一人の子どもが代わりに現われた。

外見の年齢でいえばイヴとほぼ同じくらいの、10歳前後であろう子どもだ。

モンスターを倒したら子どもがドロップした――そうとしか見えないような光景になった。

ドロップされたと思《おぼ》しき子どもはあたりをきょろきょろ見回して、困惑を極める表情を浮かべていた。

「あれ？　こ、ここは？」

「……変わった形のニンジン」

「うわっ、き、君誰？　どうしてそんな格好してるの？」

「最近のニンジンはすごい、人間の言葉も話せる」

「何言ってるの？」

「……ぺろ」

イヴは不思議がっている子どもに近づき、ぺろりとその頬を舐《な》めた。

いきなりの事に子どもは驚き、飛びのき、盛大に赤面した。

男の子は慌てた。

「な、なな、何をするの？」

「……ニンジンじゃない」

「当たり前だよ！」

「レアドロップ？」

イヴは首を傾げて、下から子どもの顔をのぞき込んだ。

「何を言ってるの？　というか、ここってどこ？」

子どもは不安げにあたりを見回した。

「お化け屋敷なのに全然お化け屋敷っぽくないよ」

「おばけやしき？」

「そうだよ？　この遊園地のお化け屋敷、すっごく並んでたから入ってみたけど、全然お化け屋敷っぽくないじゃない」

「……？」

イヴは子どもの言葉に首を傾げ、不思議そうな顔をした。

子どもは更にあたりをきょろきょろと見回した。

「もういいよ。ねえ、出口どこ？」

「出口？」

「うん」

「ダンジョンの出口ってこと？」

「だんじょん？」

子どもは不思議そうに、また首を傾げた。

遊園地という言葉は知っているが、ダンジョンという単語は日常生活に存在しない、そんな感じの反応だ。

交わらない二人の会話、双方とも困惑していたその時。

またしてもモンスターが現われた。

さっきとまったく同じの、子どもには巨大すぎて、危険すぎるバッファロー型のモンスターだった。

そいつは現われた瞬間から、炎のように赤い両目が二人の子どもをガッチリ捉えていた。

「な、なにこれ！」

「マンガン地下十六階のモンスター、デスバッファロー」

「マンガン？　乾電池の事？」

男の子は更に首を傾げて聞き返した。

モンスターを目の前にしていささか緊張感にかけていると言わざるを得ないが、モンスターなど存在しない日常で育ったのだから致し方がないと言える。

が、男の子に緊張感がなかろうと、イヴに余裕があろうと、それに構わず現われたばかりのデスバッファローは鼻息を飛ばし、後ろ足をひっかいて二人に向かって突進した。

男の子にはいきなりすぎることで、怯《おび》えて身構えることすら出来ずにぼうっとしていた。

天才と評され、この歳にして歴戦の冒険者であるイヴは反応した。

男の子の前に出て、さっきのとほぼほぼ同じような感じで、デスバッファローにカウンターの手刀を叩き込んだ。

デスバッファローはカウンターで吹き飛ばされた。

１３０センチの少女が体長２メートルはあろうかというモンスターを吹き飛ばした光景はシュールだった。

吹き飛ばされたデスバッファローは地面にころがって、ピクン、ピクンとけいれんした後、ポンと消えた。

「ニンジン無し――よし」

イヴは指さし確認をして、ニンジンドロップがなかったことに満足げな笑みを浮かべた。

そうしていると。

「すごい！　今の何！　あの牛どうしたの⁉」

男の子は興奮してイヴに詰め寄った。

その反応にイヴは面食らった。

今までにはなかった反応だ。

大人の冒険者の中に交じって、ダンジョンという第一次産業の現場に早くからいたイヴにとって、ほぼほぼ初めて経験する同年代の子どもの純粋な好意。

初めての経験でどう反応していいのか分からず、面食らったまま固まってしまった。

しばらくして、おずおずと聞き返すイヴ。

「うさぎのこと、怖くないの？」

「怖い？　どうして？」

「…………」

「ねえ！　今のもっと見せてよ」

「今の？」

「こうピューン！　ってやつ。この前マンガで見たエクスカリバーみたいでかっこいい」

「……分かった」

男の子の純粋な好意に、イヴは素直にこたえることにした。

幼くして最前線で揉《も》まれたとは言え、彼女もまだ幼い女の子。

同年代の純粋な好意に、なけなしの童心が呼び覚まされたようだった。

イヴは男の子を連れてダンジョンの中を歩き回った。

デスバッファローが出ればイヴが倒して、男の子にいいところを見せた。

ダンジョンの中をまるで裏山のように、二人の子どもが遊んで回った。

「すごい！　すごいよ！　ねえ、これってどうなってるの？　どうして殴ったら牛が消えてるの？」

「うさぎ、植物のドロップが低いから」

「しょくぶつのどろっぷ……そうなんだ」

イヴの答えを舌の上で転がすようにつぶやくが、棒読みで何も理解出来ていないような感じだった。

それでもイヴのしたことを純粋にすごい、として興奮し続けている。

「ねえうさぎちゃん。僕も牛を消せるかな」

「倒したいの？」

「うん！」

男の子は無邪気な顔で、はっきりと頷《うなず》いた。

イヴはその顔をしばらくまじまじと見つめた後。

「……分かった、じゃあこれ」

イヴはバニースーツの胸元から何かを取り出して、男の子に手渡した。

それは懐中電灯のような、小さな筒状のようなものだった。

「これは？」

「魔法アイテム、投げるだけで誰でもちょっとだけ攻撃できる」

「へー」

「うさぎが弱らせる。合図したら投げて」

「うん！　分かった！」

男の子は両手で筒状のものを持って、大きく頷いた。

そうして二人は再びダンジョンの中を回る。

少し歩くだけでデスバッファローがまた現われた。

イヴは今までとほとんど同じように、男の子をその場に置いてデスバッファローに飛びかかっていく。そして手刀で攻撃をするものの、今までとは違って一撃では倒さなかった。

男の子に「弱らせる」と宣言したイヴは、デスバッファローの周りをグルグル回って、何度も手刀を叩き込む。

幼い少女が獰猛なモンスターの周りを遊走して手加減攻撃をする光景は、男の子視点でも、この世界の冒険者視点でも異様な光景だ。

天才と称されたイヴは圧倒的な格の差を見せつけるかのように、デスバッファローを徹底的に弱らせた。

やがてデスバッファローは弱り切って、口から泡を吹いて足元がおぼつかなくなった。

「投げて」

「うん！」

そこでイヴは合図を送り、男の子は打ち合わせ通り小さな筒を投げた。

筒はデスバッファローの前で弾けて、小さな爆発を起こした。

花火程度の小さな爆発だったが、弱らせたデスバッファローにトドメを刺すには十分な爆発だったようだ。

爆発を喰《く》らったデスバッファローは白目を剝いて、ゆらり――どしーん！　と音を立てて倒れ込んだ。

直後、ポン、と巨体が消え、代わりにニンジンがドロップされた。

「わっ！　ニンジンが出た」

「それは君のドロップ」

「僕の？」

「そう、この階のドロップ」

「へえ……」

男の子は分かっているような分かっていないような顔をして、ニンジンを手に取ってまじまじと見ていた。

「確認したら早く捨てる」

「え？」

「うさぎ、ニンジン嫌い」

「ダメだよそれは」

「？」

「ニンジン嫌いだなんて、好き嫌いはダメだってお母さん言ってたよ」

「関係ない、うさぎはニンジンが――」

「そうだ、一緒に食べよ？」

イヴの言葉を遮って、男の子は自分がドロップさせたニンジンを二つに折って、半分をイヴに差し出した。

「だからうさぎ、ニンジンは――」

「食べよ」

男の子は無邪気な顔のまま、イヴにニンジンを差し出し続けた。

イヴは弱った、弱ったが、さっきからずっと純粋な好意を向けられ、いつの間にかほだされてしまった彼女はそれを断り切れなかった。

初めて出来た同年代の友達からのプレゼント、という形になったのも大きかった。

イヴは観念して、半分に折られたニンジンを受け取った。

「……特別に一口だけ」

「うん」

それをおそるおそる一口かじった――その瞬間だった。

「ふおぉぉぉぉ!?」

イヴは途端に目を輝かせだした。

かじりかけのニンジンと男の子を交互に見比べた。

「ニンジンおいしい。Aランクのよりずっと」

「そうなんだ、ありがとう」

イヴの言ったことは理解できながらも、感謝されている、ということで男の子は素直に頷いた。

一口ですっかりその「Ａランクを超えるニンジン」の虜になったイヴは、あっという間に半分のニンジンを平らげてしまう。

それだけではまったく足りなかったのか、イヴは男の子が持つ残りの半分のニンジンをじっと見つめた。

じゅるり、とよだれさえ垂れていた。

それを見た男の子はクスっと笑う。

「これも食べるの？」

と差し出した。

「食べる！」

イヴは半分ひったくるような形で奪い取って、それも全部食べてしまう。

「ニンジン嫌いじゃなかったの？」

「普通のニンジン嫌い。君のニンジン好き」

「僕のニンジンは好きなの？」

「もっと食べる……ちょっと待ってて」

男の子をその場に置いて、イヴは風のようにどこかへ走り去ってしまう。

男の子はポカーンとした。どういう事なのか分からず、その場でじっと待っているしかなかった。

そうしてイヴを待っていたら、真横から光の渦が出現した。

何もないところから現われた光の渦、その向こうから、

「亮《りょう》太《た》？　どこにいるの亮太？」

「あっ、お母さんだ」

男の子——亮太は自分を探す母親の声を聞いて、光の渦に向かおうとした。

しかし途中で一度足を止めて、イヴが駆け去った方を見る。

「亮太？　いるのなら返事をしなさい？」

「あっ、はーい」

そこでまた名前を呼ばれて、亮太は後ろ髪を引かれるような思いで光の渦に飛び込んだ。

亮太が飛び込んだ後、光の渦は何事もなかったかのように、最初からそこに何も存在していなかったかのように消滅した。

しばらくしてから、イヴは顔に返り血をべったりくっつけたまま、両手で大量に魔法アイテムの小筒をかかえて戻ってくる。

「あれ？」

イヴは訝《いぶか》しんだ顔で周りを見る。

きょろきょろ見て、亮太を探したが、見つかるはずもなかった。

「ん？　イヴちゃんじゃないか、どうしたんだそんなところで」

そこに別の冒険者が通り掛かった。

顔見知りの冒険者は、この階でドロップしたばかりのニンジンを持っている。

イヴはしばらくの間そのニンジンをじっと見つめた後――。

「ニンジン！」

「うわっ」

なんと冒険者に飛びかかった。

冒険者のニンジンをひったくって、一口かじる、が。

「おいしいけど、おいしくない」

「なんだなんだ？　どうしたんだ？」

イヴはブスッとして、冒険者は不思議がった。

イヴはさっき食べた亮太のニンジンの虜になった。

それでニンジンそのもののおいしさにも目覚めたが、亮太のニンジンほどおいしくはないということが不満だった。

そこに別の冒険者が通りかかった。

マンガン地下十六階にいる冒険者だから、その冒険者も当然のことのようにドロップしたばかりのニンジンを持っていた。

それを見たイヴの瞳が怪しく光った。

「ニンジン……ニンジンよこせぇ！」

そのまま飛びかかって、またしてもニンジンを強奪するイヴ。

そこから先の光景もさっきとまったく同じで、奪ったニンジンをかじって、「おいしいけど、おいしくない」と不満顔になる。

いなくなった亮太、そして幻になった亮太ニンジン。

こうして、原体験を追い求め続け、ニンジンを探してさまよう「キャロットジャンキー」が誕生したのであった。

☆

そして今、エミリーハウスのリビング。

リョータ、エミリー、セレストらが見守る中、イヴはニンジンジャムを盛大にかっこんでいる。

エミリーが作った鍋いっぱいのジャムは一瞬でなくなった。

「ごちそうさま」

「一瞬でなくなっちゃったです……」

「俺達の分も食べられちゃったな」

リョータはやれやれと苦笑いした。

大鍋二つ分という量で、しかもジャムという形の料理だ。

それでもイヴは一人で全部平らげて、満足した姿でソファーに寝っ転がっていた。

そんなイヴは、「キリング・ラビット」と呼ばれていた頃の獰猛な姿など見る影もないような、
穏やかな顔をリョータに向けて。

「ニンジン、ありがとう」

と、心底満足した表情で言ったのだった。

人は小説を書く、小説が書くのは人。

皆様初めまして、あるいはお久しぶり。

台湾人ライトノベル作家の三木なずなでございます。

『レベル1だけどユニークスキルで最強です』第八巻を手に取っていただきまして、誠にありがとうございます。

皆様、アニメはもう見ていただいていますでしょうか。

この巻が発売される頃には放送が中盤くらいに入っていて、お手元に届くタイミング次第ではもしかしたら全話が放送されて通して鑑賞できる形になっているかもしれません。

ネタバレを忌避する方もいらっしゃるかと思いますので詳しくは書きませんが、この作品のいいところを余すことなく活用した、最高のアニメだと自信をもってオススメできます。

本書の後に是非一度ご覧になっていただけますと幸いです。

最後に謝辞です。

今回も素晴しいイラストを描いてくださったすばち様。

いつもの拙い文章をまとめてくださった担当編集K様。

八巻までを刊行させてくださったKラノベブックス編集部様。
本書を置いてくださった書店様、手に取ってくださった読者の皆様。
本作に携わって下さった皆様に、心より厚く御礼申し上げます。
次をお届け出来る日が訪れる事を祈りつつ、筆を置かせていただきます。

二〇二三年六月某日　なずな　拝

Kラノベブックス

レベル1だけどユニークスキルで最《さい》強《きょう》です8

三《み》木《き》なずな

2023年7月31日第1刷発行

発行者	森田浩章
発行所	株式会社 講談社 〒112-8001　東京都文京区音羽2-12-21
電　話	出版　(03)5395-3715 販売　(03)5395-3608 業務　(03)5395-3603
デザイン	ムシカゴグラフィクス
本文データ制作	講談社デジタル製作
印刷所	株式会社KPSプロダクツ
製本所	株式会社フォーネット社

KODANSHA

落丁本・乱丁本は購入書店名を明記のうえ、小社業務あてにお送りください。送料は小社負担にてお取り替えいたします。なお、この本の内容についてのお問い合わせはライトノベル出版部あてにお願いいたします。
本書のコピー、スキャン、デジタル化等の無断複製は著作権法上での例外を除き禁じられています。本書を代行業者等の第三者に依頼してスキャンやデジタル化することはたとえ個人や家庭内の利用でも著作権法違反です。

ISBN978-4-06-532785-2　N.D.C.913　337p　19cm
定価はカバーに表示してあります

©Nazuna Miki 2023 Printed in Japan

ファンレター、
作品のご感想を
お待ちしています。

あて先
〒112-8001　東京都文京区音羽2-12-21
(株) 講談社　ライトノベル出版部 気付
「三木なずな先生」係
「すばち先生」係

Kラノベブックス

実は俺、最強でした？1～6

著:澄守彩　イラスト:高橋愛

ヒキニートがある日突然、異世界の王子様に転生した――と思ったら、
直後に最弱認定され命がピンチに⁉
捨てられた先で襲い来る巨大獣。しかし使える魔法はひとつだけ。開始数日での
デッドエンドを回避すべく、その魔法をあーだこーだ試していたら……なぜだか
巨大獣が美少女になって俺の従者になっちゃったよ？
不幸が押し寄せれば幸運も『よっ、久しぶり』って感じで寄ってくるもので、
すったもんだの末に貴族の養子ポジションをゲットする。
とにかく唯一使える魔法が万能すぎて、理想の引きこもりライフを目指す、
のだが……⁉
先行コミカライズも絶好調！　成り上がりストーリー！

Kラノベブックス

転生貴族、鑑定スキルで成り上がる1～5

～弱小領地を受け継いだので、優秀な人材を増やしていたら、最強領地になってた～

著:未来人A　イラスト:jimmy

アルス・ローベントは転生者だ。
卓越した身体能力も、圧倒的な魔法の力も持たないアルスだが、
「鑑定」という、人の能力を測るスキルを持っていた！
ゆくゆくは家を継がねばならないアルスは、鑑定スキルを使い、
有能な人物を出自に関わらず取りたてていく。
「類い稀なる才能を感じたので、私の家臣になってほしい」
アルスが取りたてた有能な人材が活躍していき——！